LE

POÈTE DES ENFANTS.

4° SÉRIE IN-12.

LE POÈTE

DES ENFANTS

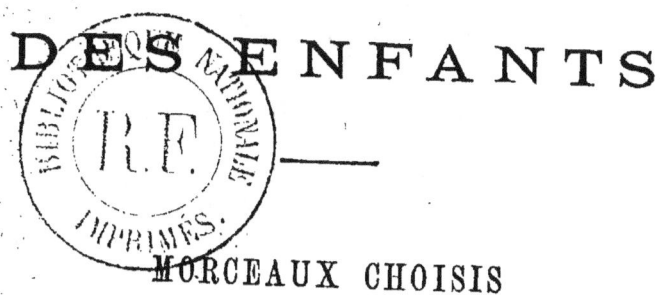

—

MORCEAUX CHOISIS

PAR E. DU CHATENET.

LIMOGES
EUGÈNE ARDANT ET Cᵗᵉ, ÉDITEURS.

—

LE

POÈTE DES ENFANTS

UNE PROMENADE DE FÉNELON.

Parler de Fénelon, c'est un titre pour plaire,
Trop heureux si mes vers emportent ce salaire,
Si de ce nom chéri le puissant intérêt
Me fait obtenir grâce et vaincre mon sujet.

Ce sujet, je l'avoue, est un rien, peu de chose,
Un fait que j'aurais peine à bien conter en prose,
Tant l'histoire en est simple ; et je l'essaie en ver

Hélas ! par ce récit, un ami des plus chers
Me fit, il m'en souvient, verser de douces larmes ;
Aura-t-il dans ma bouche aujourd'hui mêmes cha
                                        [mes?

Il n'y faut pas compter ; mais, encore une fois,
Sur tous les tendres cœurs Fénelon a des droits.

Une main plus savante a produit sur la scène
Du prélat de Cambrai l'âme sensible, humaine ;
Elle a fait reconnaître, aux traits dont il le peint,
L'ange, le philosophe, et l'apôtre et le saint.

Ce digne mouvement suffirait à sa gloire ;
J'offre encore une fleur à sa douce mémoire,
Et par un trait vulgaire et sans art raconté,
Je ne veux cette fois louer que sa bonté.

Victime de l'intrigue et de la calomnie,
Et par un noble exil expiant son génie,
Fénelon dans Cambrai, regrettant peu la cour,
Répandait les bienfaits et recueillait l'amour ;
Instruisait, consolait, donnait à tous l'exemple ;
Son peuple, pour l'entendre, accourait dans le
[temple
Il parlait, et les cœurs s'ouvraient tous à sa voix.
Quand du saint ministère ayant porté le poids,
Il cherchait vers le soir le repos, la retraite,
Alors aux champs aimés du sage et du poète,
Solitaire et rêveur il allait s'égarer ;
De quel charme, à leur vue, il se sent pénétrer !
Il médite, il compose, et son âme l'inspire ;
Jamais un vain orgueil ne le presse d'écrire :
Sa gloire est d'être utile : heureux quand il a pu
Montrer la vérité, faire aimer la vertu.

Ses regards animés d'une flamme céleste
Relèvent de ses traits la majesté modeste ;
Sa taille est haute et noble ; un bâton à la main,
Seul, sans faste et sans crainte, il poursuit son
[chemin,
Contemple la nature et jouit de Dieu même ;
Il visite souvent le villageois qu'il aime ;
Et chez ces bonnes gens, de le voir tout joyeux,
Vient sans être attendu, s'assied au milieu d'eux,
Écoute le récit des peines qu'il soulage,
Joue avec les enfants et goûte le laitage.

Un jour, loin de la ville ayant longtemps erré,
Il arrive aux confins d'un hameau retiré,
Et sous un toit de chaume, indigente demeure,
La pitié le conduit ; une famille y pleure.
Il entre, et sur-le-champ, faisant place au respect,
La douleur un moment se tait à son aspect.
O ciel ! c'est monseigneur !... on se lève, on s'em-
[presse ;
Il voit avec plaisir éclater leur tendresse.

« Qu'avez-vous, mes enfants ? d'où naît votre
[chagrin ?
Ne puis-je le calmer ? versez-le dans mon sein ;
Je n'abuserai point de votre confiance. »
On s'enhardit alors, et la mère commence :

« Pardonnez, monseigneur, mais vous n'y pouvez
{rien;
Ce que nous regrettons, c'était tout notre bien :
Nous n'avions qu'une vache!.. hélas! elle est
[perdue;
Depuis trois jours entiers nous ne l'avons point
[vue,
Notre pauvre Brunon!.. nous l'attendons en vain!..
Les loups l'auront mangée, et nous mourrons de
[faim.
Peut-il être un malheur au nôtre comparable? »

« Ce malheur, mes amis, est-il irréparable,
Dit le prélat, et moi ne puis-je vous offrir,
Touché de vos regrets, de quoi les adoucir?
En place de Brunon, si j'en trouvais une autre? »
« L'aimerions-nous autant que nous aimions la
[nôtre?
Pour oublier Brunon, il faudra bien du temps!
Eh! comment l'oublier! ni nous ni nos enfants
Nous ne serions ingrats!.. c'était notre nourrice!
Nous l'avions achetée, étant encor génisse!
Accoutumée à nous, elle nous entendait,
Et même à sa manière elle nous répondait;
Son poil était si beau! d'une couleur si noire;
Trois marques seulement, plus blanches que l'ivoire
Ornaient son large front et ses pieds de devant.

Avec mon petit Claude elle jouait souvent,
Il montait sur son dos, elle le laissait faire.
Je riais, à présent nous pleurons au contraire :
Non, monseigneur, jamais, il n'y faut plus penser,
Une autre ne pourra chez nous la remplacer. »
Fénelon écoutait cette plainte naïve .
Mais pendant l'entretien, bientôt le soir arrive ;
Quand on est occupé de sujets importants,
On ne s'aperçoit pas de la fuite du temps :
Il promet, en partant, de revoir la famille.

« Ah! monseigneur, lui dit la plus petite fille,
Si vous vouliez pour nous la demander à Dieu,
Nous la retrouverions. » « Ne pleurez pas, adieu. »
Il reprend son chemin, il reprend ses pensées,
Achève en son esprit des pages commencées ;
Il marche ; mais déjà l'ombre croît, le jour fuit :
Ce reste de clarté qui devance la nuit
Guide encore ses pas à travers les prairies,
Et le calme du soir nourrit ses rêveries ;
Tout-à-coup à ses yeux un objet s'est montré :
Il regarde... Il croit voir... Il distingue en un pré
Seule, errante et sans guide, une vache : c'est celle
Dont on lui fit tantôt un portrait si fidèle.
Il ne peut s'y tromper! Et soudain empressé,
Il court dans l'herbe humide, il franchit un fossé,
Arrive haletant . et Brunon complaisante,

Loin de le fuir, vers lui s'avance et se présente.
Lui-même, satisfait, la flatte de la main.

Mais que faire? Va-t-il poursuivre son chemin?
Retourner sur ses pas? ou regagner la ville?
Déjà pour revenir il a fait plus d'un mille.
« Ils l'auront dès ce soir, dit-il, et par mes soins
Elle leur coûtera quelques larmes de moins. »
Il saisit à ces mots la corde qu'elle traîne,
Et marchant lentement, derrière lui l'emmène.
Venez, mortels si fiers d'un vain, d'un faux éclat,
Voyez en ce moment ce digne et saint prélat,
Que son nom, son génie et son titre décore,
Mais que tant de bonté relève plus encore;
Ce qui fait votre orgueil vaut-il un trait si beau?

Le voilà fatigué de retour au hameau;
Hélas! à la clarté d'une faible lumière,
On veille, on pleure encor dans la triste chau-
　　　　　　　　　　　　　　　　　　[mière;
Il arrive à la porte. « Ouvrez-moi, mes enfants,
Ouvrez-moi, c'est Brunon, dit-il, que je vous rends. »
On accourt; ô surprise! ô joie! ô doux spectacle!
La fille croit que Dieu fait pour eux ce miracle!
« Ce n'est point monseigneur, c'est un ange des
　　　　　　　　　　　　　　　　　　[cieux
Qui sous ses traits chéris se présente à nos yeux;
Pour nous faire plaisir il a pris sa figure,

Aussi-n'ai-je pas peur, oh! non, je vous assure,
Bon ange!... » En ce moment, de leurs larmes
[noyés,
Père, mère, enfants, sont tombés à ses pieds.
« Levez-vous, mes amis; mais quelle erreur
[étrange!
Je suis votre archevêque, et ne suis point un
[ange;
J'ai retrouvé Brunon, et pour vous consoler
Je revenais vers vous; que n'ai-je pu voler!
Reprenez-la, je suis heureux de vous la rendre. »

« Quoi! tant de peine! ô ciel! vous avez pu la
[prendre,
Et vous-même. » Il reçoit leurs respects, leur
[amour:
Mais il faut bien aussi que Brunon ait son tour.
On lui parle: « C'est donc ainsi que tu nous laisses.
Mais te voilà! » Je donne à penser les caresses!
Brunon paraît sensible à l'accueil qu'on lui fait.
Tel au retour d'Ulysse, Argus (1) le reconnaît.
« Il faut, dit Fénelon, que je reparte encore;
A peine dans Cambrai serai-je avant l'aurore,
Je crains d'inquiéter mes amis, ma maison. »
« Oui, dit le villageois, oui, vous avez raison;

(1) Argus, chien d'Ulysse.

On pleurerait ailleurs, quand vous séchez nos lar
                             [mes !

Vous êtes tant aimé ! prévenez leurs alarmes !
Mais comment retourner ? car vous êtes bien las !
Monseigneur, permettez... nous vous offrons nos
                             [bras ;

Oui, sans vous fatiguer, vous ferez le voyage. »
D'un peuplier voisin on abat le branchage ;
Mais le bruit au hameau s'est déjà répandu :
Monseigneur est ici ! chacun est accouru,
Chacun veut le servir : de bois et de ramée
Une civière agreste aussitôt est formée,
Qu'on tapise partout de fleurs, d'herbages frais,
Des branches au-dessus s'arrondissent en dais ;
Le bon prélat s'y place, et mille cris de joie
Volent au loin ; l'écho les double et les renvoie.
Il part ; tout le hameau l'environne et le suit !
La clarté des flambeaux brille à travers la nuit :
Le cortége bruyant qu'égaie un chant rustique,
Marche... Honneurs inconnus ! et gloire pacifique !
Ainsi par leur amour Fénelon escorté,
Jusque dans son palais en triomphe est porté.

                          ANDRIEUX.

LA PRIÈRE.

Le roi brillant du jour, se couchant dans sa gloire,
Descend avec lenteur de son char de victoire;
Le nuage éclatant qui le cache à nos yeux
Conserve en sillons d'or sa trace dans les cieux,
Et d'un reflet de pourpre inonde l'étendue,
Comme une lampe d'or dans l'azur suspendue.
La lune se balance au bord de l'horizon ;
Ses rayons affaiblis dorment sur le gazon,
Et le voile des nuits sur les monts se déplie :
C'est l'heure où la nature, un moment recueillie,
Entre la nuit qui tombe et le jour qui s'enfuit,
S'élève au créateur du jour et de la nuit,
Et semble offrir à Dieu, dans son brillant langage
De la création le magnifique hommage.

Voilà le sacrifice immense, universel !
L'univers est le temple, et la terre est l'autel,
Les cieux en sont le dôme et les astres sans nom-
                                        [bre,
Ces feux demi-voilés, pâle ornement de l'ombre,
Dans la voûte d'azur avec ordre semés,
Sont les sacrés flambeaux pour ce temple allumés :
Et ces nuages purs qu'un jour mourant colore,

Et qu'un souffle léger, du couchant à l'aurore,
Dans les plaines de l'air repliant mollement,
Roule en flocons de pourpre aux bords du firma-
[ment,
Sont les flots de l'encens qui monte et s'évapore
Jusqu'au trône du Dieu que la nature adore.
Mais ce temple est sans voix. Où sont les saints
[concerts
D'où s'élèvera l'hymne au roi de l'univers ?
Tout se tait : mon cœur seul parle dans ce silence.
La voix de l'univers, c'est mon intelligence.
Sur les rayons du soir, sur les ailes du vent,
Elle s'élève à Dieu comme un parfum vivant.
Et, donnant un langage à toute créature,
Prête, pour l'adorer, mon âme à la nature.
Seul, invoquant ici son regard paternel,
Je remplis le désert du nom de l'Eternel ;
Et celui qui, du sein de sa gloire infinie,
Des sphères qu'il ordonne écoute l'harmonie,
Ecoute aussi la voix de mon humble raison
Qui contemple sa gloire et murmure son nom.

Salut, principe et fin de toi-même et du monde,
Toi qui rends d'un regard l'immensité féconde,
Ame de l'univers, Dieu, père, créateur,
Sous tous ces noms divers je crois en toi, Seigneur.
Et, sans avoir besoin d'entendre ta parole,

Je lis au front des cieux mon glorieux symbole.
L'étendue à mes yeux révèle ta grandeur,
La terre, ta bonté ; les astres, ta splendeur.
Tu t'es produit toi-même en ton brillant ouvrage :
L'univers tout entier réfléchit ton image,
Et mon âme à son tour réfléchit l'univers.
Ma pensée, embrassant tes attributs divers,
Partout autour de toi te découvre et t'adore,
Se contemple soi-même et s'y découvre encore :
Ainsi l'astre du jour éclate dans les cieux,
Se réfléchit dans l'onde et se peint à mes yeux.

C'est peu de croire en toi, bonté, beauté suprême,
Je te cherche partout, j'aspire à toi, je t'aime :
Mon âme est un rayon de lumière et d'amour,
Qui, du foyer divin détaché pour un jour,
De désirs dévorants loin de toi consumée,
Brûle de remonter à sa source enflammée.
Je respire, je sens, je pense, j'aime en toi.
Ce monde qui te cache est transparent pour moi ;
C'est toi que je découvre au fond de la nature,
C'est toi que je bénis dans toute créature.
Pour m'approcher de toi, j'ai fui dans ces déserts.
Là, quand l'aube, agitant son voile dans les airs,
Entr'ouvre l'horizon qu'un jour naissant colore,
Et sème sur les monts les perles de l'aurore,
Pour moi c'est ton regard qui, du divin séjour,

S'entr'ouvre sur le monde et lui répand le jour.
Quand l'astre à son midi suspendant sa carrière,
M'inonde de chaleur, de vie et de lumière,
Dans ses puissants rayons qui raniment mes sens,
Seigneur, c'est ta vertu, ton souffle que je sens ;
Et quand la nuit, guidant son cortége d'étoiles,
Sur le monde endormi jette ses sombres voiles,
Seul, au sein du désert et de l'obscurité,
Méditant de la nuit la douce majesté,
Enveloppé de calme, et d'ombre, et de silence,
Mon âme, de plus près, adore ta présence ;
D'un jour intérieur je me sens éclairer,
Et j'entends une voix qui me dit d'espérer.

Oui, j'espère, Seigneur, en ta magnificence.
Partout à pleines mains prodiguant l'existence,
Tu n'auras pas borné le nombre de mes jours
A ces jours d'ici-bas, si troublés et si courts.
Je te vois en tous lieux conserver et produire :
Celui qui peut créer dédaigne de détruire.
Témoin de ta puissance, et sûr de ta bonté.
J'attends le jour sans fin de l'immortalité ;
La mort m'entoure en vain de ses ombres funèbres,
Ma raison voit le jour à travers ses ténèbres,
C'est le dernier degré qui m'approche de toi,
C'est le voile qui tombe entre ta face et moi.
Hâte pour moi, Seigneur, ce moment que j'implore ;

Ou si dans tes secrets tu le retiens encore,
Entends du haut du ciel le cri de mes besoins :
L'atome et l'univers sont l'objet de tes soins ;
Des dons de ta bonté soutiens mon indigence,
Nourris mon corps de pain, mon âme d'espérance ;
Réchauffe d'un regard de tes yeux tout-puissants
Mon esprit éclipsé par l'ombre de mes sens ;
Et, comme le soleil aspire la rosée,
Dans ton sein à jamais absorbe ma pensée !

DE LAMARTINE.

✦—✕—✦

LE PAIN DU BON DIEU.

Le pain vient de Dieu ; c'est sa main féconde
Qui fait dans nos champs germer les moissons ;
Quand son blé mûrit, c'est pour tout le monde,
Car tous ses enfants sont ses nourrissons.
— Vous qui dans la joie et dans l'abondance
Coulez d'heureux jours sans manquer de rien,
Vous, les préférés de la Providence,
Chers enfants gâtés, écoutez-moi bien.
— Il est des enfants nés dans la misère ;
Ces pauvres petits n'ont ni feu ni lieu.
Plaignez souvent ceux qui n'ont plus de mère :
Ne gaspillez pas le pain du bon Dieu.

La fleur vient de Dieu; la main de ses ánges
Prend à l'arc-en-ciel ses vives couleurs,
Pour en décorer leurs fraîches phalanges,
Et verser l'encens dans le sein des fleurs.
— Mais il est encor une fleur plus belle,
La fleur de jeunesse et de pureté;
Car Dieu la préfère et verse sur elle
Le don de sa grâce et de sa beauté.
— Les jours de printemps sont une promesse;
Aux beaux jours bientôt il faut dire adieu;
Ménagez-la bien, la fleur de jeunesse;
Ne gaspillez pas la fleur du bon Dieu.

Le vin vient de Dieu: voyez sa lumière
Briller à travers le raisin vermeil;
Qand vous y goùtez sur le bord du verre,
N'aspirez-vous pas les feux du soleil?
— Tout en y goùtant, redoutez l'ivresse;
Le bord de la coupe offre la santé;
Mais le fond des pots cache la paresse
Et tous les enfants de l'oisiveté.
— Si vos chariots, chargés de vendanges,
Sous un double poids font plier l'essieu,
Ne buvez pas tant; — remplissez vos granges;
Ne gaspillez pas le vin du bon Dieu.

L'esprit vient de Dieu; sa vivante flamme
Servira de phare à l'humanité;

Mais prenez-y garde, il a charge d'âme,
Et ne brille pas sans la vérité.
— L'esprit nous séduit, mais il perd son charme
Quand avec le cœur il n'est pas d'accord;
Malheur à celui qui s'en fait une arme,
Qui fait un stylet de sa plume d'or.
— L'arbre se connaît par les fruits qu'il porte,
Et quand vous auriez l'esprit d'un Chaulieu,
L'esprit sans le cœur n'est que lettre morte;
Ne gaspillez pas l'esprit du bon Dieu!

De Saint-Germain.

LE DROMADAIRE.

Regardez-le passer dans l'ombre de la rue,
A travers cette foule au spectacle accourue,
 Le grand dromadaire au poil roux :
Un singe galonné gambade sur sa bosse,
Et les enfants de rire! — et le cornac féroce
 Le force à plier les genoux.

Ils se montrent du doigt la bête ridicule,
Qui marche d'un pas lourd et dont la tête ondule
 Au bout d'un cou mal emmanché;

Ses longs membres osseux chargés d'un corps
[énorme,

Et son dos inégal, et sa croupe difforme,
    Et son flanc creux et déhanché.

Lui, calme, indifférent à cette foule vile,
D'un air mélancolique il traverse la ville
    Pleine de boue et sans soleil;
Son œil intelligent, doux comme un œil de femme
Dans un rêve lointain voit, sous un ciel de flamme,
    Une plaine au sable vermeil.

Les déserts de l'Asie où règne le silence,
Où l'Arabe en passant accroche de sa lance
    Les verts éventails des palmiers;
Et le gras pâturage où paissent les chamelles,
Et le pâtre qui fait jaillir de leurs mamelles
    Le lait sous ses doigts familiers.

O dromadaire ami, voyageur intrépide,
Toi qui fais fuir le sol dans ta marche rapide
    Sans craindre la soif ni la faim,
Roi frugal du désert, coureur inépuisable
Dont le pied hasardeux franchit les mers de sable,
    O compagnon du pèlerin!

Ton instinct au désert devine la tempête,
Et ton flair délicat la source d'eau secrète,
    O richesse de l'Orient!

O noble dromadaire, hôte de la famille,
Dans ton pays natal, plus d'une jeune fille
    Flattait ton col en souriant!

Est-ce toi que j'ai vu, sous un ciel sans nuage
Au milieu des buissons passer comme un orage,
    Sur les bords déserts du Jourdain?
— O toi qui partageais le café de ton maître,
Hadjin impétueux, comment te reconnaître
    Dans ce rôle de baladin?

Pardonne à ces enfants d'une terre étrangère :
Leur cœur n'est pas méchant, mais leur tête es
    Pardonne à leur triste gaîté :   [légère
Car ils ne savent pas que sous ta rude écorce
Sont cachés des trésors de courage et de force,
    De patience et de bonté!

CHARLES REGNAUD.

⊷✕⊷

LE CONSCRIT.

I

LE DÉPART.

« Ne pleurez pas, mon père, il faut bien vous
                      [soumettre;
   » Vous m'avez dit que Dieu défend

» De murmurer contre son maître;
» Ne pleurez pas !... je reviendrai peut-être;
» Le Dieu que nous prions vous rendra votre en-
[fant. »

Et le jeune conscrit embrasse encor son père,
    Lui promet un prochain retour.
    Il lui promet plus qu'il n'espère...
Mais d'un père parfois il faut tromper l'amour !...
Un bâton à la main le voilà qui chemine;
Tant qu'il put distinguer le toit de sa chaumine
    Et l'humble flèche du clocher,
Il se sentit encor la force de marcher.
Mais quand il eut tourné le dos à la montagne,
Et qu'il ne vit plus rien qu'une verte campagne
    Où ses pas allaient s'égarer,
    Le pauvre enfant perdit courage;
    Et se tournant vers son village,
Il lui tendit les bras et se mit à pleurer.

Il pleurait son vieux père, hélas! dans la détresse,
    Et les amis de sa jeunesse,
Et le toit paternel, et les champs d'alentour;
Il pleurait, il pleurait cette terre chérie
Où vont se rattacher tous nos rêves d'amour,
    Et qu'on appele une patrie...

Il pleura bien longtemps, puis reprit son chemin.
Tout le jour il marcha dans une vaste plaine,

Et ce ne fut pourtant qu'au soir du lendemain
    Qu'il arriva vers la ville prochaine.

        Le pauvre enfant était si las
    Que la fatigue avait tari ses larmes :
    Le lendemain il était sous les armes,
        Quelques jours après, aux combats.

II

LA RETRAITE.

Un homme s'était dit dans ses rêves de gloire :
« J'attèlerai mon aigle au char de la Victoire ;
» Comme un nouveau soleil lancé du haut des airs,
» Il dardera ses feux sur l'immense univers,
» Il sera roi du monde. » Un peuple osa le croire ;
De rivage en rivage il le suivit longtemps,
Et le char emporté dans ses élans rapides,
Des bords de la Belgique aux vieilles Pyramides,
Et du Tage à l'Ister, roula pendant vingt ans.
Il allait s'arrêter aux frontières du monde ;
Le Russe le voyait planer sur ses climats,
Quand tout-à-coup sortant de sa terreur profonde,
Le pôle a secoué son manteau de frimas,
Et sous ses vastes plis englouti nos soldats.
Quelques-uns ont revu le beau ciel de la France.

Un peut-être sur cent !... les plus vieux, les plus
[forts,
Ceux-là qui, dans la gloire, oubliant la souffrance,
Et d'un plus beau trépas concevant l'espérance,
Rêvèrent Waterloo !... Tous les autres sont morts.

Dans leurs rangs en désordre on vit longtemps les
Un bien jeune soldat, mais déjà courageux. [suivre
Pour revoir son vieux père, il voulait encor vivre,
Mais la force trahit son espoir généreux.

De ses vieux compagnons son œil perdit la trace,
Un soir il tomba mort à trois pas du chemin,
    Et les traînards, le lendemain,
    N'aperçurent à cette place
Qu'un monticule blanc d'où sortait une main.

III

L'ATTENTE.

« Mon dernier vœu du ciel sera-t-il exaucé?
» De cinq enfants partis pour la terre étrangère,
» Le plus jeune des miens reverra-t-il son père,
» Qui ne peut plus traîner son corps vieux et cassé !
» Qui me l'eût dit jamais, quand ma grande famille
» Venait à la veillée autour de moi s'asseoir,
» Qu'un jour, à la lueur du foyer qui pétille,
» Je me verrais assis seul au repas du soir? »

Et le jour le vieillard versait de grosses larmes,
En jetant sur la route un regard attristé ;
Et la nuit le repos était pour lui sans charmes,
    Car la douleur veillait à son côté.

Quelquefois quand le soir, aux portes du village,
Des soldats arrivaient fatigués du chemin,
Le bon père accourait, et malgré son vieil âge
Leur criait de bien loin en leur tendant la main :
« Camarades, venez dans ma chaumière amie.
» Je ne suis point pour vous un inconnu ;
» Comme vous, mon dernier pour la terre ennemie
» Est parti... mais encore il n'est pas revenu ;
» Peut-être vous saurez ce qu'il est devenu ? »
Et le vieillard donnait à chacun un grand verre,
    Et versait à boire aux soldats.
Mais quand il entendait cette réponse amère :
« Nous n'avons pas connu votre fils à la guerre, »
    Le bon père ne buvait pas !...

CHARLES NODIER.

←✱→

TROIS JOURS DE CHRISTOPHE COLOMB.

En Europe ! en Europe ! — Espérez ! — Plus d'espoir !
— Trois jours, leur dit Colomb, et je vous donne un
                    [monde. »

2

Et son doigt le montrait, et son œil, pour le voir,
Perçait de l'horizon l'immensité profonde ;
Il marche, et des trois jours le premier jour a lui ;
Il marche, et l'horizon recule devant lui ;
Il marche, et le jour baisse. Avec l'azur de l'onde
L'azur d'un ciel sans bornes à ses yeux se confond.
Il marche, il marche encore, et toujours, et la sonde
Plonge et replonge en vain dans une mer sans fond.
Le pilote en silence appuyé tristement
Sur la barre qui crie au milieu des ténèbres,
Ecoute du roulis le sourd gémissement,
Et des mâts fatigués les craquements funèbres.
Les astres de l'Europe ont disparu des cieux ;
L'ardente croix du sud épouvante ses yeux.
Enfin l'aube attendue, et trop lente à paraître,
Blanchit le pavillon de sa douce clarté :
« Colomb, voici le jour, le jour vient de renaître !
Le jour ! et que vois-tu ? — Je vois l'immensité. »

Qu'importe ! il est tranquille..... ah ! l'avez-vous
                                        [pensé ?
Une main sur son cœur, si sa gloire vous tente,
Comptez les battements de ce cœur oppressé
Qui s'élève et retombe, et languit dans l'attente ;
Ce cœur qui tour à tour brûlant ou sans chaleur,
Se gonfle de plaisir, se brise de douleur.
Vous conprendrez alors que, durant ces journées,

Il vivait pour souffrir des siècles par moments;
Vous direz : ces trois jours dévorent des années,
Et sa gloire est trop chère au prix de ses tourments

Le second jour a fui. Que fait Colomb? il dort;
La fatigue l'accable, et dans l'ombre on conspire.
« Périra-t-il? aux voix : — la mort! — la mort! la mort!
» Qu'il triomphe demain ou parjure il expire! »
Les ingrats! quoi! demain, il aura pour tombeau
Les mers où son audace ouvre un chemin nouveau;
Et peut-être demain leurs flots impitoyables,
Le poussant vers ces bords que cherchait son regard,
Les lui feront toucher, en roulant sur les sables
L'aventurier Colomb, grand homme un jour plus
　　　　　　　　　　　　　　　　　[tard!

Il rêve : comme un voile étendu sur les mers,
L'horizon qui les borne à ses yeux se déchire,
Et ce monde nouveau qui manque à l'univers,
De ses regards ardents il l'embrasse, il l'admire;
Qu'il est beau, qu'il est frais ce monde vierge
　　　　　　　　　　　　　　　　　[encor!

L'or brille sur ses fruits, ses eaux roulent de l'or,
Déjà, plein d'une ivresse inconnue et profonde,
Tu t'écriais, Colomb : « Cette terre est mon bien!... »
Mais une voix s'élève, elle a nommé ce monde,
O douleur! et d'un nom qui n'était pas le tien!.....

. . . .

Terre ! s'écria-t-on ; terre ! terre !..... il s'éveille ;
Il court : oui, la voilà, c'est elle, tu la vois,
La terre ! ô doux spectacle ! ô transports ! ô mer-
[veille!

O généreux sanglots, qu'il ne peut retenir !
Que dira Ferdinand ? l'Europe, l'avenir ?
Il la donne à son roi, cette terre féconde ;
Son roi va le payer des maux qu'il a soufferts :
Des trésors, des honneurs en échange d'un monde,
Un trône ; ah ! c'était peu !... que reçut-il ? des fers !

CASIMIR DELAVIGNE.

<-✶->

LE CONCERT D'AMATEURS.

Me voilà plus tranquille, et je puis respirer
Un moment avec toi, quitte de l'harmonie,
Qui vient de me poursuivre et de me déchirer.
Tu vois une victime à peine encor guérie
Du mal que les hautbois, les cors, les violons,
Les malheureux gosiers, les perfides chansons,
Ont fait à mon oreille indignement trahie.
Libre dans la retraite où je cache mes jours,
Et fidèle à mon champ, mes plus chères amours,
D'un calme fortuné je goûtais les délices,

Et le dieu du silence avait mes sacrifices,
Loin du bruit des beaux-arts qu'il faut rejoindre,
                                   [hélas !
Dans les grandes cités quand viennent les frimas.
Seulement quelquefois de légères volées
D'artistes emplumés, perchés sur mes allées,
A leurs gazouillements intéressaient mon cœur,
Quand un voisin, je crois, jaloux de mon bonheur,
Arrive, et m'entraînant dans sa ville voisine,
D'un concert d'amateurs poliment m'assassine.
Je suis trop inhabile à prévoir les malheurs,
Et ne soupçonnais pas toute la perfidie
De quinze ou vingt bourreaux se disant amateurs,
Et dont l'air prévenant, la mine réjouie,
Etaient loin d'annoncer les prochaines fureurs.
Une chambre à plafond, propre à la mélodie,
De deux lits tout exprès, récement dégarnie,
Etait la simple arène où s'étaient rassemblés
Les honnêtes bourgeois au concert appelés,
Comme moi, citoyens innocents et paisibles,
Heureux d'être pourvus d'oreilles moins sensibles.
Tout s'apprête bientôt pour l'exécution.
Des soliveaux branlants, et des planches hachées
Composent l'échafaud de la partition.
Dans les sales binets, négligemment penchées,
Des chandelles formant l'illumination,

De leur suif infidèle inondent le salon...

Mais que de soins encore avant que l'on débute!

L'un graisse son archet, l'autre humecte sa flûte,

Un autre, en grimaçant, enfonce avec effort

Sa cheville rebelle à maintenir l'accord.

Un autre, dans un coin, d'une main empressée,

Rajuste sa seconde à sa barbe cassée,

Et se plaint, en jurant, de son *mi* furieux,

Lequel vient, par surcroît, de lui sauter aux yeux.

Jusque-là je respire, et je ne puis encore

Que dire des apprêts de la guerre sonore.

Un homme gravement et de l'air d'un docteur

Fait passer dans les rangs son *la* régulateur.

A sa démarche fière, à sa mine importante,

On reconnaît bientôt le chef dont la valeur

Doit conduire au combat la bande concertante.

On s'accorde, ou plutôt on ne s'accorde pas,

Et le chef, trop pressé pour être trop sévère,

Du ton de ses sujets ne s'inquiète guère,

Et les laisse à leur choix, ou plus haut ou plus bas.

C'est ici que commence un étrange vacarme,

Semblable à ces clameurs qui répandent l'alarme.

Cruellement d'accord, les cruels instruments,

Préludent à la fois sur vingt tons différents.

Tandis que chacun souffle ou racle la discorde,

Le maître du logis, tout radieux, m'aborde :

« Voyez-vous, me dit-il, ce petit effronté
Préludant au pupitre avec tant de courage,
C'est mon fils le cadet. Croirait-on qu'à cet age
C'est un lutin déjà pour la difficulté?
Il se moque de tout ; le plus rude passage,
Les plus hauts démanchés sont des jeux pour ses
                                   [doigts :
On dirait qu'il badine avec la triple croche !
Rien ne peut l'arrêter... On lui fait le reproche
De se laisser trop loin emporter quelquefois,
D'être trop fort, peut-être, en de certains endroits.
Il va de Viotti nous donner quelque chose...
Vous serez satisfait de notre virtuose...
Il est vrai que, pour lui, le grec et le latin,
L'histoire, le calcul sont restés en chemin.
Je l'envoie à Paris ; c'est là sa destinée.
Je veux qu'avant deux ans il monte sur le corps
Des Rode, des Baillot, des maîtres les plus forts...
Mais vous en jugerez... Voici ma fille aînée,
Elle commence à peine à toucher le forté :
Elle est dans l'âge ingrat ;... mais la petite ingrate,
Comme un démon déjà vous touche une sonate...
De la pousser bien loin son maître s'est flatté...
Sa mère va chanter cet air de la fauvette
De *la Belle et la Bête*. . Ah ! Monsieur, je regrette
Que vous ne l'ayez pas entendue autrefois :

Vous entendrez du moins un beau reste de voix...
Notre ville présente, on ne saurait le taire,
Une réunion qui n'est pas ordinaire :
On y compte, le fait peut vous être attesté,
Vingt violons, au moins de la seconde force,
Huit basses, dix altos et trente-six forté...
Je ne vous parle pas de douze cors de chasse,
D'une grose timbale, et d'une contre-basse... »
J'étais, à ce discours, immobilé et glacé,
Sentant bien, dans le bruit dont j'étais menacé,
Toute l'énormité de ma mésaventure.
Lors du *Jeune Henri* commence l'ouverture,
Célèbre avec raison chez nos musiciens,
Tant l'art y contrefait fidèlement les chiens.
Mais ici son auteur a fait des notes vaines ;
Ce sont des chiens encor, mais changés en mâtins,
Acharnés, pleins de rage, aux oreilles humaines.
L'ouverture finit, et les chiens ont cessé !
Tous les chats m'attendaient, plus perfides peut-
[être,
Dans certains concertos. Par notre hôte annoncé,
Un petit garnement, escorté de son maître,
Arrive, et fait brandir un bâton déloyal,
Garni de tout le crin d'un malheureux cheval.
Hélas ! le fils cadet, sous cette arme cruelle,
Se met à désoler sa pauvre chanterelle,

Et près du chevalet établissant ses doigts,

Par des notes sans nombre exerce sa furie.

Néanmoins la famille, enchantée, ébahie,

Des deux petites mains admire les exploits ;

Un bon vieillard s'étonne, attentif au passage,

Qu'on puisse jusqu'au *sol* démancher à cet âge,

Et dit que de son temps l'artiste le plus fort,

Démanchant jusqu'à l'*ut* faisait un rare effort.

Cependant le marmot, au tiers de sa carrière,

Se trouble en écoutant, plein de joie et d'orgueil,

Sa gloire qui remplit la chambre tout entière ;

Un passage l'arrête ; il y trouve un écueil :

Le malheureux cadet, que la note surmonte,

Reste court, rougissant d'embarras et de honte.

« Il semble que ce soit une fatalité !

Ou plutôt c'est l'effet de la timidité,

Dit son père, vingt fois il a fait ce passage. »

Recommencez, Messieurs ! Allons, mon fils, cou-
                                                    [rage.

Le coquin recommence, et toujours déchiré,

J'avale Viotti deux fois défiguré.

Vient un autre amateur : c'était la fille aînée,

Laidron de quatorze ans, de roses couronnée,

Qui, sur un coffre-fort, et marqué de London,

Nous touche de *Babet* l'ouverture arrangée,

Laquelle, sous ses doigts, en carillon changée,

Accuse le forté bien moins que le chaudron.
Tu peux voir dans tes champs, comme ceux que
[j'habite,

Les manants d'une ferme industrieux, actifs,
Cherchant à recueillir des essaims fugitifs ;
L'un s'empare d'un plat, l'autre d'une marmite,
Un autre de sa poêle ou de sa léchefrite,
Grostesques instruments, à Comus précieux,
Par cent coups de marteaux rendus harmonieux.
L'abeille s'en étonne, et, sous un nouveau chaume,
Asile tout voisin des charmes de ses sœurs,
Voisin de la prairie où vont naître des fleurs,
Etourdie ou charmée, elle fonde un royaume.
A ce concert baroque au profit d'un essaim,
Reconnais de Babet le fâcheux clavecin.
J'ouvrais furtivement une bouche indiscrète,
Et ne guérissais point d'un large bâillement,
Preuve d'un long ennui comprimé vainement,
Quand je vois au pupitre arriver la fauvette,
Maîtresse du logis, oiseau de cinquante ans,
Promise avec emphrase à tous les assistants,
Laquelle, d'un antique et pénible ramage,
Vient, après ses petits, assoudir le bocage,
Bocage détestable où la civilité
M'oblige à dévorer la chanson ampoulée,
Les hauts cris cadencés, la manière perlée

D'une voix qui chevrote avec solennité!
De la belle, pourtant, l'assemblée est charmée,
Et chacun s'évertue à la complimenter :
« Ah! dit-elle, Messieurs, le moyen de chanter
En l'état où je suis!... » La fauvette enrhumée
Pouvait parler à peine ; et nous parlant toujours,
D'une petite toux appuyait son discours ;
Car, c'est un bel usage, une heureuse coutume,
Qu'un amateur chantant ait toujours un bon rhu-
Petit mal obligé, qui se charge à propos   [me,
Des défauts de la voix et de tous les tons faux.
Un homme bien pesant, et d'une taille immense,
Se présente, apportant sa petite romance.
J'en attendais la voix d'un bœuf ou d'un taureau ;
Mais une voix d'enfant, aussi claire qu'aiguë,
S'échappe du colosse offert à notre vue ;
Disant le *Point du Jour*, petit air tout nouveau.

. . . .

L'infortuné, d'un ton qu'il radoucit encore,
Enjolivant son aube et brodant son aurore,
Après quelques couplets qui le mettent en eau,
Achève en haletant son malheureux morceau.
Arrive enfin le chœur, bouquet de l'artifice ;
Les voix, les instruments, dont un long exercice
A redoublé, je crois, l'insigne fausseté,
Entonne, quand chacun s'agite, bâille et grille :

Où peut-on être mieux qu'au sein de sa famille?
Dérision cruelle à la société !
Pour moi, seul étranger en cette conjoncture,
J'admire dans ces vers l'instinct de la nature !
Je prends le chœur au mot, et regagne les lieux
Où je puis en effet me flatter d'être mieux.
Rendant grâces au ciel, revoyant mes pénates,
D'y respirer enfin un air silencieux,
Dégagé d'instruments, et purgé de sonates !
Je dois, en bon chrétien, pardonner aujourd'hui
Aux méchants amateurs qui m'ont comblé d'ennui !
Je n'appellerai point des vengeances cruelles
Sur leurs coupables voix et sur leurs chanterelles;
Mais, si quelques destins jaloux et malveillants
Exposaient de nouveau mon oreille à leurs chants,
Je jure de ne point attendre que les traîtres
Consomment, devant moi, leurs forfaits concertants,
Dussé-je, pour m'enfuir, sauter par les fenêtres !

BERCHOUX.

LA MORT DE JEANNE D'ARC.

A qui réserve-t-on ces apprêts meurtriers ?
    Pour qui ces torches qu'on excite ?
    L'airain sacré tremble et s'agite...

D'où vient ce bruit lugubre? où courent ces
[guerriers
Dont la foule à longs flots roule et se précipite?

  La joie éclate sur leurs traits;
  Sans doute l'honneur les emflamme;
Ils vont pour un assaut former leurs rangs épais?
  Non, ces guerriers sont des Anglais
  Qui vont voir mourir une femme.
  Qu'ils sont nobles dans leur courroux!
Qu'il est beau d'insulter un bras chargé d'entraves!
La voyant sans défense, ils s'écriaient, ces braves :
  « Qu'elle meure! Elle a contre nous
Des esprits infernaux suscité la magie... »
  Lâches, que lui reprochez-vous?
D'un courage inspiré la brûlante énergie,
L'amour du nom français, le mépris du danger,
  Voilà sa magie et ses charmes :
  En faut-il d'autres que des armes
Pour combattre, pour vaincre et punir l'étranger?

Du Christ avec ardeur Jeanne baisait l'image;
Ses longs cheveux épars flottaient au gré des vents :
Au pied de l'échafaud, sans changer de visage,
  Elle s'avançait à pas lents.
Tranquille elle y monta; quand, debout sur le faîte
Elle vit ce bûcher qui l'allait dévorer,

3

Les bourreaux en suspens, la flamme déjà prête,
Sentant son cœur faillir, elle baissa la tête,
    Et se mit à pleurer.
    Ah ! pleure, fille infortunée !
    Ta jeunesse va se flétrir,
    Dans sa fleur trop tôt moissonnée !
    Adieu, beau ciel ! il faut mourir.
Tu ne reverras plus tes riantes montagnes,
Le temple, le hameau, les champs de Vaucouleurs ;
    Et ta chaumière et tes compagnes,
Et ton père expirant sous le poids des douleurs.

Après quelques instants d'un horrible silence,
Tout-à-coup le feu brille, il s'irrite, il s'élance...
Le cœur de la guerrière alors s'est ranimé ;
A travers les vapeurs d'une fumée ardente,
    Jeanne encor menaçante
Montre aux Anglais son bras à demi consumé.
    Pourquoi reculer d'épouvante ?
    Anglais, son bras est désarmé.
La flamme l'environne et sa voix expirante
Murmure encore : « O France ! ô mon roi bien-aimé ! »
Qu'un monument s'élève aux lieux de ta naissance
O toi qui des vainqueurs renversas les projets !
La France y portera son deuil et ses regrets,
    Sa tardive reconnaissance,
Elle y viendra gémir sous de jeunes cyprès.

Puissent croître avec eux ta gloire et sa puissance,
Que sur l'airain funèbre on grave des combats,
Des étendards anglais fuyant devant tes pas,
Dieu vengeant par tes mains la plus juste des causes !
Venez, jeunes beautés, venez, braves soldats,
Semer sur son tombeau les lauriers et les roses.
Qu'un jour le voyageur, en parcourant ces bois,
Cueille un rameau sacré, l'y dépose, et s'écrie :
« A celle qui sauva le trône et la patrie,
Et n'obtint qu'un tombeau pour prix de ses
                                    [exploits. »

CASIMIR DELAVIGNE.

MIRTILE,

IDYLLE TRADUITE DE GESSNER.

Sur le soir d'un beau jour, à l'heure où la vallée
De sombres de la nuit était presque voilée,
Mirtile était venu près de l'étang voisin,
Où Phœbé répandait son éclat argentin.
Le doux calme du lieu, le chant de Philomèle,
Les oiseaux qui semblaient se taire exprès pour
Les coteaux, les vallons, les bois silencieux, [elle,
Mille feux qui déjà s'allumaient dans les cieux :
Tout plongeait le berger dans cette ivresse pure

Qu'à la fin d'un beau jour inspire la nature,
Et tout l'y retenait ; mais enfin au hameau
Il revient à pas lents, et sous l'heureux berceau
Que des pampres formaient auprès de sa chaumière,
Seul, au clair de la lune, il trouve son vieux père
Couché sur le gazon, le vieillard reposait :
Sur une de ses mains sa tête s'appuyait.
Un doux ravissement s'empare de Mirtile ;
Longtemps, les bras croisés, il demeure immobile
Et fixe sur son père un regard attendri ;
S'il détourne les yeux d'un objet si chéri
Il regarde le ciel à travers le feuillage,
Et des larmes d'amour coulent sur son visage.

« O mon père ! dit-il, douce image des dieux,
Ami tendre qui m'est le plus cher après eux,
Du repos que tu prends que l'ivresse est touchante !
Que le someille du juste offre une paix riante !
De ta cabane, ici venu tout chancelant,
Tu consacrais au soir ton cœur reconnaissant,
Et, dans l'effusion de tes saintes prières,
Le sommeil doucement a surpris tes paupières ;
Peut-être pour ton fils implorais-tu les dieux ?
Oui, sans doute j'avais quelque part a tes vœux :
Car d'où vient que le ciel protége notre asile ;
D'où vient qu'il lui conserve un ombrage fertile ;
Et si toujours Cérès veille sur mes travaux,

Pomone sur mes fruits, Palès sur mes troupeaux,
Ne m'attires-tu pas des faveurs si constantes ?
Que j'aime à recueillir ces larmes consolantes
Que tu rends à mes soins pour tes ans affaiblis !
Et quand levant au ciel tes regards attendris,
Tu daignes me bénir dans ta douce allégresse,
O mon meilleur ami ! quel moment ! quelle ivresse,
Mon cœur ému se gionfle, et soudain de mes yeux,
Soudain je sens couler des pleurs délicieux.
Ce matin même encor, d'une marche incertaine
Tu faisais quelques pas pour aller vers la plaine,
Aux rayons du soleil, réchauffer tes vieux ans :
Bientôt tu t'es assis, pour contempler nos champs,
Nos vergers pleins de fruits, nos fertiles herbages,
Et nos heureux tronpeaux couvrant nos pâturages.
« Constamment, disais-tu, j'eus les cieux pour amis ;
» Sous leur sérénité mes cheveux sont blanchis.
» Lieux chéris, à jamais qu'ils vous restent propices !
» Bientôt vous cesserez de m'offrir vos délices ;
» Bientôt il me faudra vous faire mes adieux,
» Je dois laisser mes champs pour des champs plus
                                [heureux. »
O mon père ! ainsi donc tu dois quitter la vie ;
Ta présence dans peu me doit être ravie !
Accablante pensée ! à mon retour, le soir,
Je n'aurai plus tes bras prêts à me recevoir.

Mais privé des douceurs de ton amitié tendre,
Je viendrai sur la tombe où dormira ta cendre.
Là, pour dernier hommage à ton cœur paternel,
Là, près d'elle, je veux ériger un autel ;
Et lorsque par mes soins, en des jours pleins de
[charmes,
J'aurai d'un malheureux adouci les alarmes,
Vers ce saint monument, si cher à mes douleurs,
J'irai pour y répandre et du lait et des fleurs.
Il se tait ; ses yeux humides de tendresse,
Fixés sur le vieillard, le contemplaient sans cesse :
« Quel calme ! ajoute-t-il, quelle sérénité !
Son repos est celui que donne la bonté.
Il sourit, et son front doucement se colore !
Le bien qu'il fit toujours, il le croit faire encore.
Dieux ! que le vent du soir, que l'humide fraîcheur
N'attaquent point ici sa débile vieillesse !
Dieux ! laissez-le toujours aux soins de ma ten-
[dresse. »
Il dit, et tout entier au plus pur sentiment,
Par un tendre baiser l'éveille doucement,
Et guide le vieillard vers son modeste asile,
Pour lui faire goûter un repos plus tranquille.

J.-B.-D. Lavergne.

LE LION DE FLORENCE.

Près des murs de Florence, une coutume antique
Consacrait tous les ans une fête rustique.
Le peuple des hameaux, dans les champs d'alen-
[tour,

En chœur vient du printemps saluer le retour;
. . . .
Tout-à-coup, ô terreur! un formidable accent
Perce la profondeur du bois retentissant.
Un lion, l'œil en feu, se présente à sa vue :
Tout fuit : dans ce désordre, une mère éperdue
Emporte son enfant... Dieu ! ce fardeau chéri,
De ses bras échappé, tombe : elle jette un cri,
S'arrête... il est déjà sous la dent dévorante,
Elle le voit, frémit, reste pâle, mourante,
Immobile, l'œil fixe et les bras étendus.
Elle reprend ses sens un moment suspendus;
La frayeur l'accablait; la frayeur la ranime.
O prestige d'amour! ô délire sublime !
Elle tombe à genoux : « Rends-moi, rends-moi
mon fils ! »

Ce lion, si farouche, est ému par ses cris,
La regarde, s'arrête et la regarde encore :
Il semble deviner qu'une mère l'implore,

Il attache sur elle un œil tranquille et doux,
Lui rend ce bien si cher, le pose à ses genoux,
Contemple de l'enfant le paisible sourire,
Et dans le fond des bois lentement se retire.

MILLEVOYE.

◄─✖─►

LA MODÉRATION.

Vous avez, m'a-t-on dit, vingt mille écus de rente,
Tant pis : plus on possède et moins on se contente;
Jouissez-en pourtant, et que les malheureux
N'accusent point le ciel qui vous traite mieux
                                        [qu'eux!
Mais vivez-vous exclus des dons de la fortune,
Hé bien! concentrez-vous dans la sphère commune,
Et que votre bonheur, sagement dispensé,
Ne sorte point du cercle où Dieu vous a placé;
Eût-il même au travail condamné votre vie,
Vous avez la santé, vos bras, votre industrie :
Bêchez, soyez content; le bonheur ici-bas
Est encor le seul bien que l'or n'achète pas.
Ne peut-on être heureux qu'au prix d'un diadème :
Pourquoi monter si haut? descendez en vous-
Y trouvez-vous la paix, la résignation?   [même;

Etes-vous franc d'envie, exempt d'ambition ?
Sentez-vous votre cœur revêtu d'innocence ?
N'avez-vous rien qui pèse à votre conscience ?
Ah ! ne voyagez point, le bonheur est chez vous,
Vos plaisirs seront gais, vos travaux seront doux.
Monarque d'un arpent, sans tumulte et sans guerre,
Vous n'entendrez jamais les rumeurs de la terre ;
Le cri des troupeaux, et vos rustiques chants,
Seront l'unique bruit qui traverse les champs.
Que vous faut-il de plus ? votre jeune famille
Peut subsister déjà du gain de sa faucille.
Tout rit autour de vous, et si quelque chagrin
Mêlait son amertume aux bienfaits du destin,
Ne vous reste-il pas l'avenir pour refuge,
Votre cœur pour témoin, et votre Dieu pour juge ?
Et, n'est-ce rien enfin, pour l'humble humanité,
Que le droit de compter sur son éternité ?
C'est là, c'est là le but où vous devez atteindre ;
Voilà le seul désir qu'il ne faut pas restreindre.
Soyez immodéré dans l'amour des vertus ;
Dieu vous fit-il parfait, veuillez l'être encore plus.
Vous voulez désirer, désirez qu'on vous aime.
Vous voulez dominer, dominez sur vous-même ;
Soyez roi de votre âme, et réglant son essor,
En paix avec le ciel, vous sourira la mort.

M. DE F.

A UN PÈRE,

SUR LA MORT DE SA FILLE.

Ta douleur, Du Perrier, sera donc éternelle ?
     Et les tristes discours
Que te met en esprit l'amitié paternelle,
     L'augmenteront toujours !

Le malheur de ta fille au tombeau descendue
     Par un commun trépas,
Est-ce quelque dédale où la raison perdue
     Ne se retrouve pas ?

Je sais de quels appas son enfance était pleine,
     Et n'ai pas entrepris,
Injurieux ami, de soulager ta peine
     Avecque son mépris.

Mais elle était du monde où les plus belles choses
     Ont le pire destin ;
Et rose elle a vécu ce que vivent les roses,
     L'espace d'un matin.

La mort a des rigueurs à nulle autre pareilles :
     On a beau la prier,
La cruelle qu'elle est se bouche les oreilles,
     Et nous laisse crier.

Le pauvre en sa cabane, où le chaume le couvre,
    Est sujet à ses lois ;
Et la garde qui veille aux barrières du Louvre
    N'en défend point les rois.

MALHERBE.

❖

DERNIERS MOMENTS

D'UN JEUNE POÈTE.

J'ai révélé mon cœur au Dieu de l'innocence :
    Il a vu mes pleurs pénitents ;
Il guérit mes remords, il m'arme de constance :
    Les malheureux sont ses enfants.

Mes ennemis riant ont dit dans leur colère :
    Qu'il meure, et sa gloire avec lui !
Mais à mon cœur calmé le Seigneur dit en père :
    Leur haine sera ton appui.

A tes plus chers amis ils ont prêté leur rage ;
    Tout trompe la simplicité :
Celui que tu nourris court vendre ton image,
    Noire de sa méchanceté.

Mais Dieu t'entend gémir, Dieu vers qui te ramène
    Un vrai remords né des douleurs ;

Dieu qui pardonne enfin à la nature humaine
    D'être faible dans les malheurs.

J'éveillerai pour toi la piété, la justice
    De l'incorruptible avenir :
Eux-mêmes épureront, par leur long artifice,
    Ton honneur qu'ils pensent ternir.

Soyez béni, mon Dieu ! vous qui daignez me rendre
    L'innocence et son noble orgueil;
Vous qui, pour protéger le repos de ma cendre,
    Veillerez près de mon cercueil !

Au banquet de la vie, infortuné convive,
    J'apparus un jour, et je meurs :
Je meurs, et sur ma tombe, où lentement j'arrive,
    Nul ne viendra verser des pleurs.

Salut, champs que j'aimais, et vous, douce verdure,
    Et vous, riant exil des bois !
Ciel, pavillon de l'homme, admirable nature,
    Salut pour la dernière fois !

Ah ! puissent voir longtemps votre beauté sacrée
    Tant d'amis sourds à mes adieux !
Qu'ils meurent pleins de jours, que leur mort soit
                      [pleurée,
    Qu'un ami leur ferme les yeux !

GILBERT.

LA JEUNE MENDIANTE.

IDYLLE.

Sous le portique d'une église,
Révélant le besoin qui causait sa douleur,
Pour la troisième fois, par les ombres surprise,
Se plaignait en ces mots la fille du malheur :
« Je me meurs, je le sens, je me meurs ; car ma vue
Est d'un voile funèbre obscurcie à moitié.
    La charité ne m'a pas entendue,
      Et l'aumône de la pitié
      A mon secours n'est point venue.
C'en est fait, orpheline à la fleur de mes ans,
    Rien ne m'a souri sur la terre ;
    Comme le roseau solitaire
    Je cède à l'effort des autans :
    Adieu, triste sol des vivants !
Ma place est dans le ciel, à côté de ma mère.
Adieu, c'est pour toujours !... Mais, quoi ! dans ma
                       [misère
N'est-il donc plus d'espoir ? Si du moins le som-
                       [meil
Fermait quelques instants ma paupière lassée,
    J'aurais encore la force à mon réveil
      De tendre cette main glacée.

Tendre la main, souffrir et se voir repoussée!
Hélas! l'airain qui sonne augmente mon effroi;
Il est minuit : peut-être est-ce ma dernière heure!
    O mon Dieu! prends pitié de moi :
Je suis jeune, et j'ai faim, et je veille, et je pleure. »
Elle dit et se tait, et quand le lendemain
S'arrêta près du temple une foule attendrie,
    La pauvre enfant n'avait plus faim;
Elle ne pleurait plus en attendant du pain,
    Et sa veillée était finie.

M***

←※→

LE PRINTEMPS.

Déjà les nuits d'hiver, moins tristes et moins
[sombres,
Par degrés de la terre ont éloigné les ombres;
Et l'astre des saisons, marchant d'un pas égal,
Rend au jour moins tardif son éclat matinal.
Avril a réveillé l'Aurore paresseuse;
Et les enfants du Nord, dans leur fuite orageuse,
Sur la cime des monts ont porté leurs frimas.
Le beau soleil de mai, levé sur nos climats,
Féconde les sillons, rajeunit les bocages,
Et de l'hiver oisif affranchit ces rivages.

La sève, emprisonnée en ses étroits canaux,
S'élève, se déploie et s'allonge en rameaux ;
La colline a repris sa robe de verdure ;
J'y cherche le ruisseau dont j'entends le murmure :
Dans ces buissons épais, sous ces arbres touffus,
J'écoute les oiseaux, mais je ne les vois plus.
Des pâles peupliers la famille nombreuse,
Le saule, ami de l'onde, et la ronce épineuse,
Croissent au bord du fleuve en long groupes rangés.
Dans leur feuillage épais les zéphyrs engagés,
Soulèvent les rameaux, et leur troupe captive
D'un doux frémissement fait retentir la rive.
Le serpolet fleurit sur les monts odorants ;
Le jardin voit blanchir le lys, roi du printemps ;
L'or brillant du genêt couvre l'humble bruyère :
Le pavot dans les champs lève sa tête altière :
L'épi cher à Cérès, sur sa tige élancé,
Cache l'or des moissons dans son sein hérissé ;
Et l'aimable Espérance, à la terre rendue,
Sur un trône de fleurs du ciel est descendue.
Dans un humble tissu longtemps emprisonné,
Insecte parvenu, de lui-même étonné,
L'agile papillon, de son aile brillante
Courtise chaque fleur, caresse chaque plante ;
De jardin en jardin, de verger en verger,
L'abeille, en bourdonnant, poursuit son vol léger ;

Zéphir, pour ranimer la fleur qui vient d'éclore,
Va dérober au ciel les larmes de l'Aurore ;
Il vole vers la rose et dépose en son sein
La fraîcheur de la nuit, les parfums du matin.
Le soleil, élevant sa tête radieuse,
Jette un regard d'amour sur la terre amoureuse,
Et du fond des bosquets un hymne universel
S'élève dans les airs, et monte jusqu'au ciel.
Tout inspire la vie à ces beaux paysages.
Pour construire leurs nids, les hôtes des bocages
Vont chercher dans les prés, dans les cours des
                                          [hameaux,
Les débris des gazons, la laine des troupeaux.
L'un a placé son nid sous la verte fougère ;
D'autres au tronc mousseux, à la branche légère,
Ont confié l'espoir d'un mutuel amour.
Les passereaux ardents, dès le lever du jour,
Font retentir les toits de la grange bruyante ;
Le pinson remplit l'air de sa voix éclatante,
La colombe attendrit les échos des forêts ;
Le merle des taillis cherche l'ombrage épais.
Le timide bouvreuil, la sensible fauvette,
Sous la blanche aubépine ont choisi leur retraite :
Et les chênes des bois offrent à l'aigle altier
De leurs rameaux touffus l'asile hospitalier.

                                    MICHAUD.

LA SŒUR GRISE.

J'ai laissé pour toujours la maison paternelle ;
Mes jeunes sœurs pleuraient, ma pauvre mère aussi.
Oh ! qu'un regret tardif me rendrait criminelle !
    Ne suis-je pas heureuse ici !

Ne m'abandonne pas, toi qui m'as appelée ;
Dieu qui mourus pour nous, mon Dieu, je t'ap-
                        [partiens ;
    Et moi qui console et soutiens,
    J'ai besoin d'être consolée.

Ignorante du monde avant de le quitter,
    Je ne le hais point et peut-être
(Un mourant me l'a dit) j'aurais dû le connaître,
    Pour ne jamais le regretter.

Quand je me sens reprendre à sa joie éphémère,
    Faible encore du dernier adieu,
    J'embrasse ta croix, ô mon Dieu !
    Je n'embrasserai plus ma mère.

Souvenirs de bonheur, que voulez-vous de moi ?
Que vous sert de troubler ma retraite profonde ?
    Et qu'ai-je à faire avec le monde,
Dont le nom seul ici doit me glacer d'effroi ?

Ici, la charité remplit mes chastes heures :
Le malheureux bénit ma main qui le défend;
Je nourris l'orphelin d'espérances meilleures;
Ta servante, ô mon Dieu! dans ces tristes de-
                                        [meures
Est l'enfant du vieillard, la mère de l'enfant.

Et tandis que mes sœurs à de nouvelles fêtes
        Vont peut-être se préparer,
Que des fleurs dont ma mère aimait à me parer
        Elles ont couronné leurs têtes,
Moi je veille et je prie, et ne dois point pleurer.

O de mes premiers jours images trop fidèles!
Mes songes quelquefois me rendent vos douceurs;
Ma bouche presse encore les lèvres maternelles;
Et même au bal joyeux je suis mes jeunes sœurs
        Le front ceint de roses, comme elles.

        Vaine illusion d'un instant,
Dont le charme confus m'agite et me réveille.
Mais la cloche plaintive a frappé mon oreille :
A son lit de douleur le malade m'attend.

        Là naguère, une pauvre fille
Me disait en pleurant : « Dieu finit mes malheurs,
        J'étais orpheline, et je meurs
        Sans avoir connu ma famille. »

J'avais une famille, et pourtant je l'oublie ;
    Et mon cœur bat d'un noble orgueil,
Quand le pauvre a pressé de sa main affaibie
Ma main qui doucement l'accompagne au cercueil.

Consolé par ma voix à son heure suprême,
Bien souvent le pécheur s'endort moins agité ;
Que dis-je ? le mourant me console lui-même
De ce monde si vain qu'avant lui j'ai quitté.
Et lorsque dans ses yeux une dernière flamme
Révèle un saint espoir, né d'une ardente foi,
Je recommande à Dieu de recevoir son âme,
    Au mourant de prier pour moi.

ALEX. GUIRAUD.

←-✳-→

LE PETIT SAVOYARD A PARIS.

J'ai faim : vous qui passez, daignez me secourir,
Voyez : la neige tombe, et la terre est glacée.
J'ai froid : le vent se lève et l'heure est avancée,
    Et je n'ai rien pour me couvrir.

Tandis qu'en vos palais tout flatte votre envie,
A genoux sur le seuil, j'y pleure bien souvent.
Donnez : peu me suffit ; je ne suis qu'un enfant :
    Un petit sou me rend la vie.

On m'a dit qu'à Paris je trouverais du pain ;
Plusieurs ont raconté dans nos forêts lointaines
Qu'ici le riche aidait le pauvre dans ses peines.
Hé bien ! moi, je suis pauvre, et je vous tends la
[main.

    Faites-moi gagner mon salaire ;
Où me faut-il courir? Dites, j'y volerai.
Ma voix tremble de froid ; hé bien ! je chanterai,
    Si mes chansons peuvent vous plaire.

    Il ne m'écoute pas, il fuit ;
Il court dans une fête (et j'en entends le bruit)
    Finir son heureuse journée,
Et moi je vais chercher, pour y passer la nuit,
    Cette guérite abandonnée.

Au foyer paternel quand pourrai-je m'asseoir?
    Rendez-moi ma pauvre chaumière,
Le laitage durci qu'on partageait le soir,
Et, quand la nuit tombait, l'heure de la prière,
Qui ne s'achevait pas sans laisser quelque espoir.

Ma mère, tu m'as dit quand j'ai fui ta demeure :
« Pars, grandis et prospère, et reviens près de moi. »
Hélas ! et, tout petit, faudra-t-il que je meure
    Sans avoir rien gagné pour toi?

    Non, l'on ne meurt point à mon âge ;

Quelque chose me dit de reprendre courage.
Eh! que sert d'espérer?... que puis-je attendre
[enfin ?
J'avais une marmotte, elle est morte de faim!

Et faible, sur la terre il reposait sa tête,
Et la neige, en tombant, le couvrait à demi,
Lorsqu'une douce voix, à travers la tempête,
Vint réveiller l'enfant par le froid endormi.

« Qu'il vienne à nous celui qui pleure,
Disait la voix mêlée au murmure des vents ;
L'heure du péril est notre heure :
Les orphelins sont nos enfants. »

Et deux femmes en deuil recueillaient sa misère.
Lui, docile et confus, se levait à leur voix ;
Il s'étonnait d'abord ; mais il vit dans leurs doigts
Briller la croix d'argent au bout du long rosaire ;
Et l'enfant les suivit en se signant deux fois.

GUIRAUD.

LA CONSCIENCE.

C'est pour moi que je vis, je ne dois rien qu'à moi :
La vertu n'est qu'un nom ; mon plaisir est ma loi.
Ainsi parle l'impie, et lui-même est esclave

De la foi, de l'honneur, de la vertu qu'il brave,
Dans ses honteux plaisirs s'il cherche à se cacher,
Un éternel témoin les lui vient reprocher
Son juge est dans son cœur, tribunal où réside
Le censeur de l'ingrat, du traître, du perfide.
Par ses affreux complots nous a-t-il outragés ?
La peine suit de près et nous sommes vengés :
De ses remords secrets triste et lente victime
Jamais un criminel ne s'absout de son crime.
Sous des lambris dorés, ce triste ambitieux
Vers le ciel, sans pâlir, n'ose lever les yeux ;
Suspendu sur sa tête, un glaive redoutable
Rend fades tous les mets dont on couvre sa table ;
Le cruel repentir est le premier bourreau
Qui dans un sein coupable enfonce le couteau.

Des chagrins dévorants attachés sur Tibère,
La cour de ses flatteurs veut en vain le distraire :
Maître du monde entier, qui peut l'inquiéter ?
Quel juge sur la terre a-t-il à redouter ?
Cependant il se plaint, il gémit; et ses vices
Sont ses accusateurs, ses juges, ses supplices.
Toujours ivre de sang, et toujours altéré,
Enfin par ses forfaits au désespoir livré,
Lui-même montre aux yeux du sénat qu'il outrage
De son cœur déchiré la déplorable image.
Il périt chaque jour consumé de regrets,

Tyran plus malheureux que ses tristes sujets.

Ainsi de la vertu les lois sont éternelles ;
Les peuples ni les rois ne peuvent rien contre elles.
Je l'apporte en naissant, elle est écrite en moi,
Cette loi qui m'instruit de tout ce que je dois
A mon père, à mon fils, à ma femme, à moi-même.
A toute heure je lis dans ce code suprême
La loi qui me défend le vol, la trahison,
Cette loi qui précède et Lycurgue et Solon.
Avant même que Rome eût gravé douze tables,
Métius et Tarquin n'étaient pas moins coupables.

Je veux perdre un rival : qui me retient le bras ?
Je le veux, je le puis, et je n'achève pas.
Je crains plus de mon cœur le sanglant témoi-
Que la sévérité de tout l'Aréopage.   [gnage,
La vertu, qui n'admet que de sages plaisirs,
Semble d'un ton trop dur gourmander nos désirs ;
Mais, quoique pour la suivre il coûte quelques
                                           [larmes,
Tout austère qu'elle est, nous admirons ses char-
Jaloux de ses appas dont il est le témoin,   [mes.
Le vice, son rival, la respecte de loin.
Sous ses nobles couleurs souvent il se déguise,
Pour consoler du moins l'âme qu'il a surprise.
Adorable vertu, que tes divins attraits

Dans un cœur qui te perd laissent de longs regrets!
De celui qui te hait la vue est le supplice :
Parais ! que le méchant te regarde et frémisse !
La richesse, il est vrai, la fortune te fuit;
Mais la paix t'accompagne et la gloire te suit,
Et, perdant tout pour toi, l'heureux mortel qui
[t'aime,
Sans bien, sans dignités, se suffit à lui-même.

RACINE FILS.

←※→

ÉPITRE

D'UN MALHEUREUX A SON CHIEN.

De mon réduit gardien sûr et fidèle,
Toi dont les soins ont pour moi tant de prix;
Toi des amis parfaits le plus parfait modèle,
Médor, c'est à toi que j'écris.
Des biens que m'enleva la fortune inhumaine,
Quand tu me restes seul pour adoucir ma peine,
Je te dois ce tribut : du sein de la douleur,
Ecrire à l'amitié, c'est rêver le bonheur.
Il fut un temps, Médor, où l'opulence
Autour de ton maître adoré
Semait le faste et l'abondance.
D'un peuple de valets je marchais entouré;

Des mets les plus exquis ma table était couverte :
Chez moi tout respirait l'éclat et les grandeurs :
Et comme à tout venant ma bourse était ouverte,
    Je ne manquais pas d'emprunteurs.
À la ville aujourd'hui, demain à la campagne,
        Parmi les festins et les jeux,
        Ma main dans le cristal fumeux
        Faisait pétiller le Champagne.
On me trouvait charmant, on citait mes bons mots,
Tous mes jours se marquaient par des plaisirs
                                    [nouveaux.
Je n'avais qu'à vouloir ; dispensateur des grâces,
Je donnais, à mon gré, les emplois et les places,
        Je ne pouvais former un seul désir
Sans trouver des amis ardents à le saisir.
        De tous côtés, une cohorte
        De protégés et de flatteurs,
        Pour obtenir quelques faveurs,
        Nuit et jour assiégeait ma porte.
Et (tant chez les humains, malgré leur vanité,
La bassesse est toujours auprès de la fierté),
        Pour être inscrit sur mes tablettes,
Il t'en souvient, Médor, on te faisait la cour :
        Les riches, les puissants du jour,
Ne t'abordaient jamais sans t'offrir des gimblettes.
Si, parfois, avec toi, dans nos cercles brillants,

4

Sans trop déroger à l'usage,

J'allais passer quelques instants,

La porte à notre aspect s'ouvrait à deux battants,

Et tandis qu'à longs traits, enivré de l'hommage,

Je savourais l'encens que je me croyais dû,

Sur un riche coussin mollement étendu,

Médor, à mes côtés, semblait un personnage.

Ah! combien les temps ont changé !

Aujourd'hui ton malheureux maître

De protecteur devenu protégé,

Chaque jour se voit méconnaître

Depuis que le cruel destin,

Qui des faibles mortels se joue,

Sans nul espoir de lendemain

M'a mis au plus bas de sa roue.

Aux regards d'un proscrit de sa grandeur déchu,

Adulateurs faux et perfides,

Amis, valets, parents avides,

Ainsi qu'une ombre ont disparu :

Je ne vois que des cœurs de glace

Profanant le nom d'amitié ;

L'estime au mépris a fait place,

Et le respect à la pitié.

D'un être infortuné qu'un sort aveugle immole,

Pour eux le malheur est un jeu :

L'ambition est leur idole,

Et l'intérêt seul est leur dieu.

Ceux même qui, pour m'être utiles,

Quand je n'avais besoin de rien,

Auraient, adorateurs serviles,

Et de leur temps, et de leur bien,

Fait sans effort le sacrifice,

Avec plaisir semblent m'humilier.

Pour réclamer quelque léger service,

Vais-je, en tremblant, les supplier?

Au mois de juin comme en décembre,

On me reçoit dans l'antichambre,

Et tu restes sur l'escalier.

Mais pourquoi me plaindre des hommes?

Au sort commun je suis soumis :

En tout temps, en tout lieu, comme au siècle où
[nous sommes,

La fortune, en fuyant, emporta les amis.

Il en est cependant de vrais et de fidèles,

On le dit, je le crois, d'autres l'ont éprouvé.

Mais, en souffrant du sort les atteintes cruelles,

Doublement malheureux, je n'en ai pas trouvé.

Que dis-je? Ah! bon Médor, pardonne.

Aigri par les revers, trop prompt à m'affliger,

A l'aspect des ingrats, lorsque mon sang bouil
[lonne

Puis-je, ingrat à mon tour, à ce point t'outrager?

Oh non !... Sans répandre des larmes,
Je ne me souviendrai jamais
Du jour affreux et plein de charmes
Où d'un prix si touchant tu payas mes bienfaits.
Pour un emploit d'assez faible importance,
Dont son appui me promettait le don,
Un favori de la puissance
Me parut de Médor souhaiter l'abandon.
Solliciteur encore novice,
Je voulais m'épargner ce triste sacrifice ;
Mais enfin mon esprit flottait irrésolu :
Le vœu d'un homme en place est un ordre absolu.
Aussi, soit crainte de déplaire,
Soit besoin de crédit, soit espoir de faveur,
Soit aveuglement, soit terreur,
Pour un bienfait douteux, donnant un vrai salaire,
Je cédai... Mais, hélas ! dans le fond de mon cœur
Il se prolonge encor cet accent de douleur,
Ce long gémissement que Médor fit entendre,
Quand, le désespoir dans les yeux,
Seul, je m'éloignai de ces lieux
Où des amis je laissais le plus tendre :
De quel trait je fus déchiré,
Quand, prêt à franchir la barrière,
Je vis des pleurs amers sillonner ta paupière !
D'un sentiment plaintif ton regard pénétré

Semblait me dire : « Eh! quoi, ta rigueur m'aban-
[donne!
» Peux-tu bien, sans frémir, te séparer de moi!
  » Si tu m'exiles loin de toi,
» Malheureux, pour t'aimer tu n'auras plus per-
[sonne! »
Par cette affreuse idée, interdit, atterré,
De ce funeste lieu je sors désespéré!
Je fuis... Mais le dirai-je? Un fardeau plus pénible
En pesant sur mon cœur, vient l'accabler encor.
Je connaissais Médor bon, fidèle, sensible;
Mais l'aisance bientôt aura séduit Médor :
  De la détresse à l'abondance
Il a trop, près de moi, mesuré la distance.
  Au milieu des festins nombreux,
  Des mets exquis et savoureux
Que va lui prodiguer la superbe opulence,
Pourra-t-il regretter le pain de l'indigence?
Je porterais vers lui des regards superflus,
Dans une heure Médor ne me connaîtra plus.
  Errant au hasard par la ville,
Sans pouvoir échapper au chagrin qui me suit,
Succombant sous l'effort d'une marche inutile,
A mon réduit obscur j'arrive avec la nuit.
  Tout-à-coup, avec violence,
Par un bras inconnu je me vois assailli;

D'une secrète horreur mes sens ont tressailli;
 J'étais sans armes, sans défense.
Je résiste pourtant ; mais, dans l'ombre surpris,
Je ne pouvais parer l'atteinte meurtrière,
Quand soudain un vengeur, attiré par mes cris,
À mon lâche ennemi fait mordre la poussière...
 C'était Médor... qui, dédaignant des biens
 Dont l'affluence l'importune,
 Pour partager mon infortune
En ami généreux a brisé ses liens.
Oh ! qui peindra jamais ces transports, cette ivresse,
Ces élans d'un plaisir vivement éprouvé,
Dont, heureux de me voir, fier de m'avoir sauvé,
Tu laissas éclater la touchante allégresse !
 Non... Quand les biens que j'ai perdus,
 Quand les honneurs et l'opulence,
 Et le crédit et la puissance,
Par un retour soudain, m'eussent été rendus,
 J'aurais eu moins de jouissance.
C'en est fait ; je renonce à des vœux superflus,
Je renonce aux beaux jours dont j'entrevis l'aurore,
Si, pour les obtenir, il faut te perdre encore.
Non... Médor désormais ne me quittera plus.
De l'éloigner de moi je serais trop coupable :
Quel trésor peut valoir un ami véritable ?

LÉGER.

POUR LES PAUVRES.

Dans vos fêtes d'hiver, riches heureux du monde,
Quand le bal tournoyant de ses feux vous inonde,
Quand partout, à l'entour de vos pas vous voyez
Briller et rayonner cristaux, miroirs, balustres,
Candélabres ardents, cercle étoilé des lustres,
Et la danse, et la joie au front des conviés;

Tandis qu'un timbre d'or sonnant dans vos de-
                              [meures,
Vous change en joyeux chant la voix grave des
                              [heures,
Oh ! songez-vous parfois que, de faim dévoré,
Peut-être un indigent dans les carrefours sombres
S'arrête, et voit danser vos lumineuses ombres
        Aux vitres du salon doré ?

Songez-vous qu'il est là sous le givre et la neige,
Un père sans travail que la famine assiége ?
Et qu'il se dit tout bas : « Pour un seul que de biens !
» A son large festin que d'amis se récrient ;
» Ce riche est bien heureux, ses enfants lui sou-
                              [rient.
» Rien que dans leurs jouets que de pain pour les
                              [miens ! »

Et puis à votre fête il compare en son âme
Son foyer où jamais ne rayonne une flamme,
Ses enfants affamés, et leur mère en lambeau,
Et, sur un peu de paille, étendue et muette,
L'aïeule, que l'hiver, hélas ! a déjà faite
     Assez froide pour le tombeau.

Car Dieu mit ces degrés aux fortunes humaines.
Les uns vont tout courbés sous le fardeau des pei-
Au banquet du bonheur bien peu sont conviés. [nes ;
Tous n'y sont point assis également à l'aise.
Une loi, qui d'en bas semble injuste et mauvaise,
Dit aux uns : Jouissez ! aux autres : Enviez !

Cette pensée est sombre, amère, inexorable,
Et fermente en silence au cœur du misérable.
Riches, heureux du jour, qu'endort la volupté,
Que ce ne soit pas lui qui des mains vous arrache
Tous ces biens superflus où son regard s'attache ;
     Oh ! que ce soit la charité !

L'ardente charité, que le pauvre idolâtre !
Mère de ceux pour qui la fortune est marâtre,
Qui relève et soutient ceux qu'on foule en passant.
Oui, lorsqu'il le faudra, se sacrifiant toute,
Comme le Dieu martyr dont elle suit la route,
Dira : « Buvez ! mangez ! c'est ma chair et mon sang. »

Que ce soit elle, oh ! oui, riches ! que ce soit elle

Qui, bijoux, diamants, rubans, hochets, dentelle,
Perles, saphirs, joyaux toujours faux, toujours vains,
Pour nourrir l'indigent et pour sauver vos âmes,
Des bras de vos enfants et du sein de vos femmes
    Arrache tout à pleines mains !

Donnez, riches ! L'aumône est sœur de la prière.
Hélas ! quand un vieillard sur votre seuil de pierre
Tout raidi par l'hiver, en vain tombe à genoux ;
Quand les petits enfants, les mains de froid rougies,
Ramassent sous vos pieds les miettes des orgies,
La face du Seigneur se détourne de vous.

Donnez ! afin que Dieu, qui dote les familles,
Donne à vos fils la force, et la grâce à vos filles ;
Afin que votre vigne ait toujours un doux fruit ;
Afin qu'un blé plus mûr fasse plier vos granges ;
Afin d'être meilleurs, afin de voir les anges
    Passer dans vos rêves la nuit !

Donnez ! il vient un jour où la terre nous laisse ;
Vos aumônes là-haut vous font une richesse.
Donnez ! afin qu'on dise : « Il a pitié de nous ! »
Afin que l'indigent que glacent les tempêtes,
Que le pauvre qui souffre à côté de vos fêtes,
Au seuil de vos palais fixe un œil moins jaloux.

Donnez ! pour être aimés de Dieu qui se fit homme,

Pour que le méchant même en s'inclinant vous
[nomme,

Pour que votre foyer soit calme et fraternel :
Donnez ! afin qu'un jour, à votre heure dernière
Contre tous vos péchés vous ayez la prière
D'un mendiant puissant au ciel !

VICTOR HUGO.

—◈—

UNE AUBERGE.

Dans une même hôtellerie
Cinquante voyageurs arrivent à la fois :
Tout retentit de leurs confuses voix ;
Chacun d'eux peste, jure, crie ;
Et sans façon admis dans ce triste séjour,
Se plaint en haletant des fatigues du jour.
Précédé d'une fille à la démarche lente,
Chacun va visiter le modeste réduit
Où le sort le commande à passer une nuit ;
Et voyant le grabat qui trompe son attente,
Gronde tantôt l'hôtesse et tantôt la servante.
Bientôt la faim a mis tout le monde aux abois ;
J'entends près du foyer crier le tournebroche ;
L'airain propice a retenti deux fois,
Et du souper déjà l'heure s'approche.

Le tumulte s'accroît; au milieu du fracas,
Le maître du logis, qu'un bonnet blanc décore
Au troisième signal de la cloche sonore,
Sur deux rangs allongés fait aligner les plats.
Tandis que tout le monde arrive,
Il sourit à chaque convive,
Et regarde en pitié ceux qui ne soupent pas.
Près du maigre festin on s'assemble avec joie,
Et chacun se place au hasard :
Malheur à ceux qui viennent un peu tard !
Car des premiers venus le souper est la proie.
Souvent un pauvre diable à ce festin admis,
Célèbre de Grimod (1) la doctrine savante,
Et nous dit que Berchoux (2) est fort de ses amis.
Il se plaint sans pitié des mets qu'on lui présente
Et se plaît à montrer son dégoût, son ennui,
Pour faire croire aux gens qu'il soupe mieux chez
[lui.
Certain Gascon nous dit qu'aucun mets ne le tente.
La table est mal servie et rien n'est à son gré ;
Et, trouvant tout mauvais, il a tout dévoré.
L'hôte que rien n'étonne et que rien n'épouvante,
Semblable au roc battu par la vague écumante,
Reste debout, voit tout sans s'émouvoir,

(1) Auteur de l'*Almanach des Gourmands*. — (2) Auteur de *la Gastronomie*.

Brave en paix les clameurs, et sourit à l'espoir
De rançonner bientôt la troupe mécontente.
　　　Cependant, grâce au vin du crû,
Le calembour circule et la gaîté s'anime ;
Chacun à discourir s'évertue et s'escrime :
Là, certain campagnard, par le coche venu,
A tous ses compagnons dont il n'est point connu
Révèle avec candeur le nom de sa famille,
Les vertus de sa femme et celles de sa fille ;
Plus loin, d'un air content et d'un ton ingénu,
Un rimeur indiscret dit les fruits de sa veine
A son voisin qui bâille et l'écoute avec peine ;
Un petit-maître, en poste arrivé de Paris,
Dit les modes du jour, rit du ton des provinces,
Nous fait croire qu'il a du crédit chez les princes,
Se pare des bons mots chez Brunet applaudis,
Et cite les acteurs du parterre chéris.
Devant tous les bourgeois sans façon il se vante,
Souvent il exagère et parfois il invente.
Chacun des voyageurs conte ce qu'il a vu :
Tous parlent à la fois, aucun n'est entendu.
　　　L'un plaisante et l'autre raisonne ;
De mille cris divers l'hôtel bruyant résonne.
　　　On veut surtout paraître de bon ton ;
　　　Le cavalier méprise le piéton ;
Et, fâché de n'avoir à mépriser personne,

Contre tous les valets celui-ci gronde et tonne,
La berline légère et portant gens de cour,
Rit de la diligence à la marche pesante ;
  Et la diligence, à son tour,
Regarde avec dédain la patache indigente.
  On raille les nouveaux venus,
  On s'observe et l'on s'examine ;
Et trente voyageurs, l'un à l'autre inconnus,
Se jugent tour à tour sur l'habit, sur la mine.
  Sans se connaître on se cherche le soir,
  Dès le lendemain on s'oublie,
Et l'on se quitte enfin pour ne plus se revoir :
  C'est le vrai miroir de la vie.
  Et, sans avoir l'esprit fort pénétrant,
  Pour peu qu'on connaisse les hommes,
On conviendra qu'une auberge est vraiment
  L'image du monde où nous sommes.

       MICHAUD.

     +-✕-→

LE ROI, LE PAYSAN ET L'ERMITE.

  Un roi tourmenté d'insomnie
(On m'a dit que ce mal était le mal des rois)
  Vit à la chasse un villageois

       5

Etendu dans une prairie,
Qui reposait si doucement,
Et dormait si profondément,
Que du triste monarque il excita l'envie.
     Au même endroit un ermite passait,
Homme sage, et qu'alors partout on respectait,
Faisant peu de sermons, ne prêchant que d'exemple;
De toutes les vertus son cœur était le temple.
     Le roi l'arrête, et lui dit : Homme saint,
De grâce dites-moi pourquoi ce misérable,
Que le malheur poursuit, que la fortune accable,
Malgré les maux qu'il souffre, et malgré ce qu'il
                            [craint,
Dort comme un bienheureux et bien mieux qu'un
                            [monarque ?
« De la paix de son cœur c'est l'infaillible marque,
Répond l'ermite. Sire, un pauvre villageois
Ne condamne personne, et ne fait point de lois ;
Jamais l'ambition ne trouble sa pensée ;
Des fautes qu'il commet seul coupable et puni,
Ses chagrins sont l'impôt, la taille, la corvée :
Il travaille pour vous, et vous veillez pour lui.
De plaisirs et de maux ce consolant partage
D'un Dieu juste et clément est l'immortel ouvrage.
Vous avez tous les biens, ils ont tous les travaux;
Vous avez les remords, ils out le doux repos.

Rois qui nous gouvernez, portez mieux vos cou-
[ronnes;
Que les honnêtes gens soient vos seuls favoris ;
   Et pour mieux dormir dans vos lits,
   Dormez un peu moins sur vos trônes. »
Ainsi parla l'ermite, et le roi furieux
   Le fit punir, et n'en dormit pas mieux.

SÉGUR.

LE SANSONNET.

   Le commensal d'un savetier,
  Jaune du bec, noir et gris de plumage,
   Et sansonnet de son métier,
Servait de passe-temps à tout le voisinage.
    Par un homme de qualité
   Qu'avait charmé son caquetage,
   Le sansonnet fut acheté.
Il criait, il chantait, ne se sentait pas d'aise,
Et croyait chez un grand être mieux que chez Blaise
   Mais il comptait sans monseigneur.
    Celui-ci, vu son haut parage,
Ne pouvant s'occuper des besoins du jaseur,
   En donna la garde à son page :
Le page, tout entier aux plaisirs de son âge,

Remit sa tâche à l'écuyer ;
L'écuyer au frotteur ; le frotteur au portier ;
Le portier à la valetaille,
Gent sans pitié, fainéante canaille,
S'embarrassant fort peu que notre sansonnet
Eût ou non ce qu'il lui fallait ;
Tellement que le pauvre hère
Manquait souvent du nécessaire.
Se souvenant alors de son premier état,
Il s'écriait : « Foin de l'état !
» Hélas ! près de mon ancien maître
» Rien ne manquait à mon bien-être ;
» Il était seul pour me chérir,
» Pour me soigner, pour me nourrir ;
» J'avais de tout en abondance :
» Sous son toit régnait l'indigence,
» Il eût craint de m'en voir souffrir.
» J'ai cent valets dans ce lieu magnifique,
» Où j'espérais jouir du plus heureux destin,
» Et cependant j'y meurs de faim !
» Ah ! que ne suis-je encor au fond de ma bouti-
[que. »
Mon pauvre sansonnet, je suis de votre avis ;
Et je dis, avec vous, qu'un nombreux domestique
N'indique pas toujours les gens le mieux servis.

GAULDRÉE DE BOILLEAU.

LE CURE DE VILLAGE.

Tu le veux, j'y consens ; d'un pinceau véridique
Je vais te dessiner mon logement rustique,
Et t'offrir à la fois, dans le même tableau,
Et l'état du pasteur et celui du troupeau.
Dans un pareil sujet n'attends pas de ma muse
De brillantes couleurs ; le sujet s'y refuse.
Non, je ne prétends pas, en l'ornant de faux traits,
Changer en or mon plomb, mon taudis en palais.

D'abord, pour en saisir nettement la structure,
Conçois dans ton esprit une antique masure
Dont les murs décrépits, et battus par les vents,
Branlent au moindre choc sur leurs vieux fonde-
[ments.
Malheur quand l'aquilon du fond de la Norwége
Accourt, poussant sur nous ses tourbillons de neige.
Contre une telle rage où chercher des abris ?...
En vain de mes volets je rejoins les débris :
Hélas ! leurs gonds rouillés soutiennent avec peine
Quatre ais de bois pourris dont la chute est pro-
[chaine.
Mais c'est bien pis encor quand de noirs ouragans
Sur mon toit dépouillé répandent leurs torrents ;
L'eau qui perce aisément une si faible entrave,

Inonde mon salon, qui la rend à la cave ;
Et, chassés de leurs trous, jusque sur mon palier
Les rats viennent chercher un gîte hospitalier.

L'hiver vient... Dans les plis d'une ample redingote
J'ai beau m'ensevelir, près du feu je grelotte
Car l'air dans mon manoir circule en liberté,
Glacial en hiver, et brûlant en été.
Un bon rhume, en novembre, y fixe son empire,
Et jamais il ne part qu'au retour du zéphire.

Ne cherche pas ici ce que dans le bon temps
On pouvait appeler l'atelier des gourmands.
D'un pauvre desservant la modeste cuisine.
Etale peu de mets : content pourvu qu'il dîne,
Il peut manger son bien sans le secours d'autrui ;
Le tourne-broche même est un luxe pour lui ;
Point de goûts recherchés, de meubles inutiles :
Une marmite, un pot, voilà ses ustensiles.
Revenons à ma chambre : elle est salle ou salon,
L'usage que j'en fais détermine son nom :
La nuit chambre à coucher, le jour salle où l'on
                                          [dîne,
Et quand la bise souffle, elle devient cuisine.....

 .   .   .   .

 .   .   .   .

Passons au revenu : cinq cents francs pour l'année,

Ce qui fait vingt-sept sous six deniers par journée.
A quelque obole près qu'on pourrait contester,
Barrême, conviens-en, ne saurait mieux compter.
C'est peu; pourtant on croit que chez nous tout
            [abonde,
Que l'Eglise est pour nous une mine féconde;
Que la dévotion, prodigue en ses tributs,
Remplit nos sacs de grains, et nos bourses d'écus;
Qu'enfin nous rançonnons les morts jusqu'en leurs
            [bières;
Qu'à beaux deniers comptants nous vendons les
            [prières;
Et qu'avec les docteurs, bien d'accord sur le gain,
Nous bénissons les coups de leur art assassin.
Ah! pauvre desservant, voilà comme on te traite;
Cours par monts et par vaux armé de la houlette,
Brave, comme un apôtre, et la pluie et les vents,
Partage ton pain bis avec les indigents;
Prodigue-leur des soins qui manquent à toi-même;
Pour prix de tes bienfaits n'espère pas qu'on t'aime;
Mais crains à chaque instant qu'une furtive main
Ne dîme ta volaille ou les choux du jardin;
Et crains, ah! crains surtout les propos des com-
            [mères;
Ce sont de tes travaux les plus sûrs honoraires:
Car ne te flatte pas qu'un titre révéré

A l'abri du caquet puisse mettre un curé.
Jadis on révérait le pasteur du village :
Aujourd'hui ce n'est plus qu'un serviteur à gage,
Qui dans chaque manant rencontre son rival.
Tout, jusqu'au marguillier, veut marcher son égal.
Il faut qu'un desservant, pour éviter la guerre,
Flatte le magister, et l'adjoint et le maire :
Du fond d'un cabaret ces petits souverains
Gouvernent la paroisse et règlent nos destins.

L'ABBÉ CANAT.

―✖―

LA DISTRIBUTION DES PRIX.

Voici, voici le jour des triomphes classiques !
On court, on vole en foule à ces fêtes publiques !
Prenons place ; voyons, sous d'équitables lois,
Distribuer des prix où j'eus part autrefois.
Le long de ces gradins la jeunesse en attente,
S'agite, entre l'espoir et le doute flottante.
A ces jeux solennels le prince du sénat
Donne, par sa présence, un plus digne apparat.
Ah ! je vois déployer la liste triomphale !
J'entends nommer l'enfant que le talent signale ;
Place au vainqueur ! Il passe, il reçoit le laurier,
Au bruit de la timbale et du clairon guerrier.

Jamais triomphateur, dans la poudre olympique ;
Jamais, la palme au front, poète dramatique
N'a senti le plaisir plus avant dans son cœur.
Les mains, s'entre-frappant, accueillent le vain-
[queur.
On le fête au retour, et partout son nom vole :
Monté sur ce théâtre, il est au Capitole.
Qu'au sortir de ces lieux il lui tarde, en chemin,
De revoir ses parents, les palmes à la main !
Sa mère l'attendait, et, pleine d'allégresse,
Contre son sein ému le presse avec tendresse :
Ainsi le Spartiate embrassait ses enfants,
Qui des Perses jadis revenaient triomphants.
Tels sont les fruits heureux des écoles publiques,
Et des esprits rivaux les combats pacifiques.
O puissant aiguillon de la rivalité !
Tout languit sans le feu de ton activité.
Parmi tous ces enfants qu'assemblent les lycées,
Le concours, des instincts échauffe les pensées ;
On s'évertue, on peut ce qu'on a cru pouvoir ;
Peu remportent le prix, mais tous en ont l'espoir ;
La chaleur tient au nombre. Où sont-ils les poètes,
Les orateurs formés en de froides retraites ?
Quel mortel fit son nom, et se survit encor,
Qui n'ait des bancs publics pris son premier essor.

LEMIERRE.

LA CHUTE DU RHIN A LAUFFEN,

PAYSAGE.

C'était aux premiers feux de la naissante aurore;
Le jour dans les vallons ne plongeait pas encore,
Mais planant dans les airs sur ses pâles rayons,
Ne touchait que le ciel et les crètes des monts.
Sur les obscurs sentiers de la forêt profonde,
Au roulement lointain d'un tonnerre qui gronde,
J'avançais; de l'orage imitant le fracas,
Le tonnerre des eaux redouble à chaque pas :
Déjà, comme battus par les coups d'un orage,
Les arbres ébranlés secouaient leur feuillage,
Et les rochers, minés sur leurs vieux fondements,
Epouvantaient mes yeux de leurs longs tremble-
                                              [ments.
Enfin mon pied crispé touche au bord de l'abîme;
Le voile humide épars sur cette horreur sublime
Tombe; je jette un cri de surprise et d'effroi :
Le fleuve tout entier s'écroule devant moi!

Ah! regarde, ô mon âme! et demeure en silence!
Nature, ah! qui pourrait parler en ta présence,
Quand sous ces traits divins que ton Dieu t'a donnés,
Tu te montres sans voile à nos yeux étonnés!
Le poids de ta grandeur accable la pensée;

Le cœur fuit, l'œil se trouble et la bouche oppres-
[sée,
Cherchant en vain le mot impossible à trouver,
O Dieu! jette ton nom, et ne peut l'achever.

De rochers en rochers et d'abîme en abîme
Il tombe, il rebondit, il retombe, il s'abîme,
Les débris mugissants roulent de toutes parts;
Le Rhin sur tous ses bords sème ses flots épars;
De leur choc redoublé le roc gémit et fume;
Le flot pulvérisé roule en flocons d'écume;
Remonte, court, serpente; aux noirs flancs du
[rocher
Semble avec ses cent bras chercher à s'accrocher,
Sur les bords de l'abime accourt, hésite encore;
Puis dans le gouffre ouvert, qui hurle et le dévore,
Réunissant enfin tous ses flots à la fois,
D'un bond majestueux tombe de tout son poids:
L'abime en retentit, l'air siffle, le sol gronde;
Le gouffre en bouillonnant s'enfle et revomit
[l'onde:
Le fleuve épouvanté dans ses fougueux transports,
Retombe sur lui-même et déchire ses bords,
Et semble, en prolongeant un lugubre murmure,
De ses flots mutilés étaler la tenture,
Et, d'un cours insensé s'enfuyant au hasard,
En cent torrents brisés coule de toute part

Tel un temple superbe, inondé par la foule,
Sur ses vieux fondements tout-à-coup s'il s'é-
                               [croule,
Un seul cri jusqu'au ciel s'élance ; tout s'enfuit ;
Le sol tremblant répond à cet horrible bruit ;
Les piliers ébranlés chancelant sur leur base,
La voûte éclate et tombe ; et les murs qu'elle écrase
Roulant sur les parvis en immenses lambeaux,
De lourds débris fumants enfoncent les tombeaux ;
Sous un nuage épais de cendre et de poussière
L'astre du jour répand sa sinistre lumière,
Et sur les champs voisins les décombres jetés
Laissent errer au loin les yeux épouvantés !

Tombe avec cette chute, et rejaillis comme elle
O ma pauvre pensée ! et plonges-y ton aile,
Comme l'oiseau du ciel, qui vient en tournoyant
Enivrer son regard sur ce gouffre aboyant ;
Puis confonds dans l'horreur d'une extase muette
Ta faible voix au bruit que chaque flot lui jette,
Et que Dieu, qui là-haut écoute dans sa paix
L'écho majestueux des hymnes qu'il s'est faits,
Distingue avec bonté ton sourd et doux murmure
D'avec les mille voix de sa forte nature,
Entre ces éclats d'onde et ces orgues des bois,
A son accent pieux reconnaisse ta voix.

Et dise, en écoutant cette lutte touchante :
Le fleuve me célèbre, et l'insecte me chante !

DE LAMARTINE.

◆-✖-➔

LE NID.

Habitants du buisson, petits dont l'innocence,
Dont l'enfantine joie enchante ce séjour,
Quand, sous la blanche épine assise tout le jour,
Dans ce fragile nid que le zéphir balance,
Je vois tant de bonheur, d'allégresse et d'amour,

Pensive je me dis : Tendre et frêle famille,
Que le Dieu protecteur des champs et des oiseaux,
Fasse que dans ces lieux un jour pur toujours brille ;
Que jamais de ces fleurs n'approche la faucille ;
Que la serpe jamais n'outrage ces berceaux !

Arbres hospitaliers ! prêtez-leur vos ombrages,
Sur eux avec amour penchez vos bras amis :
Non, par moi vos secrets ne seront point trahis,
Et seule, chaque jour, rêvant dans ces bocages,
Je viendrai visiter sous vos légers feuillages
L'asile où j'ai compté quatre faibles petits.

Laissez-moi retrouver, près de l'antique chêne,
Sur l'arbre aux blanches fleurs, la couche aérienne,

Le duvet suspendu sous les discrets rameaux
Où l'aile de leur mère, et la mousse et la laine
A leur débile enfance offrent un doux repos.

Oui, voilà ce réduit de fragile structure,
Ce berceau, balancé dans des flots de verdure,
Entre l'or des guérets et l'azur d'un beau ciel,
Miracle ingénieux de l'amour maternel
　　　Et chef-d'œuvre de la nature !

Mais quoi ! je le revois vide et silencieux !...
Les hôtes qu'enfermait son sein mystérieux
De quelque être méchant sont devenus la proie !...
Hélas ! hier encore, quand je quittai ces lieux,
Dans cet étroit réduit, que de paix, que de joie !

La mère tout entière à ses soins empressés,
Accourait, rapportant le ver et la chenille
Qu'appelaient par leurs cris ses enfants délaissés,
Et le père, en chantant, surveillait sa famille,
Ses petits, doux trésors, l'un sur l'autre pressés.

Plus de chants, plus d'amour ! hélas ! sous l'au-
　　　　　　　　　　　　　[bépine
Une main sacrilège, effeuillant ses rameaux,
A ravi ses concerts à ta branche voisine,
　　　À ce nid ses tendres oiseaux.

Peut-être quelque enfant au cœur impitoyable,

Sourd à leurs cris plaintifs, de remords incapable,
S'applaudit maintenant de son lâche larcin,
Et nous les trouverons demain, là, sur le sable,
Livides, morts de froid, de souffrance et de faim.

Peut-être quelque bête affamée et cruelle
A surpris avant l'aube, à l'heure du sommeil
La mère et les enfants endormis sous son aile.
        Pauvres innocents... quel réveil !

Hélas ! si, préservé par sa fuite soudaine,
Un d'entre eux, maintenant, des autres séparé,
Dans les bois d'alentour, faible et volant à peine,
Va plaintif, solitaire, et bien loin égaré,

Timide voyageur, tout l'effraie et l'étonne,
Désolé, palpitant, il va, pauvre petit,
Cherchant dans l'horizon les cieux qu'il abandonne,
L'abri du frais vallon où naguère il naquit,
Et l'arbre où sous les fleurs se balançait son nid.

                    Mlle FÉLICIE D'AYZAC.

⤛⬦⤜

BONAPARTE PRÈS DES PESTIFÉRÉS A JAFFA.

. . . .
. . . . On ouvre la mosquée :
Un peuple de soldats, arrêté sur le seuil,

Mesure avec effroi ce long palais du deuil...
Tout-à-coup, s'arrachant à ces groupes timides,
Plus calme qu'à Lodi, plus grand qu'aux Pyra-
                                    [mides

Bonaparte est entré ; ses plus chers généraux,
Kléber, Reynier, Murat, escortent le héros ;
Il marche, et de mourants la salle parsemée
Tressaille sur les pas du père de l'armée ;
Dans les regards éteints un céleste pouvoir
Fait luire à son aspect le reflet de l'espoir ;
De ces rangs désolés compagnes assidues,
La douleur et la mort sont comme supendues,
Et dans leurs lits de jonc des spectres enchaînés
Se dressent un moment sur leurs bras décharnés.
Tous invoquent des yeux l'homme que Dieu pro-
                                    [tége ;

Et tandis que les chefs qui forment son cortége,
Pâles imitateurs d'un magnanime effort,
Pour la première fois tremblent devant la mort,
Et, dans cet air chargé d'atomes homicides,
Se penchant avec soin sur des parfums acides,
Lui, le front découvert, prononce dans les rangs
Ces mots mystérieux qui charment les mourants ;
Sur ces lits qu'il dénombre étendant sa main nue,
Lentement il poursuit cette horrible revue :
On vit en ce moment le magique docteur

Porter dans chaque plaie un doigt consolateur;
Au souffle du malade il mêlait son haleine,
Découvrait les tumeurs qui se cachent sous l'aine,
Et dans ce temple impur, Dieu de la guérison,
Il promettait la vie en touchant le poison.
Alors sous les arceaux de la funèbre voûte
Retentit une voix que le silence écoute :
» Soldats, le monde entier contemple vos destins ;
» La France a déjà lu vos premiers bulletins :
» Le Nil conquis par vous a roulé dans son onde
» Les premiers cavaliers de l'Egypte et du monde;
» Combattus par la soif et les déserts mouvants,
» Vos bataillons vainqueurs ont reparu vivants ;
» Le Jourdain prisonnier vous doit sa délivrance,
» Et la voix du Thabor parle de notre France !
» Ce lieu de tant d'exploits serait-il le cercueil
» Si, veuve de ses fils, notre patrie en deuil
» Me demandait un jour : Qu'as-tu fait de l'armée ?
» Où sont ces vieux soldats si grands de renommée,
» Ces vainqueurs de Mourad, des Beys, des Os-
[manlis ?
» Faudra-t-il lui répondre : Ils sont morts dans
[leurs lits ?
» Levez-vous ! Ranimez votre force abattue ;
» Bien plus que le fléau l'effroi du mal vous tue ;
» Sur un lit de douleur comme au sein des combats

» La mort est moins funeste à qui ne la craint pas.

» Vivez ! Nous quitterons, demain avant l'aurore,

» Cette horrible cité que la peste dévore ;

» Ici votre ennemi se dérobe à vos coups ;

» Cherchons d'autres combats sous un soleil plus
[doux.

» L'Egypte nous attend : implacable adversaire,

» Mourad a reparu dans les plaines du Caire ;

» Suivi de Mamelucks, bientôt il va s'unir

» Aux nouveaux Ottomans, campés sous Aboukir.

» C'est en vain que du Nil le désert nous sépare :

» Marchons ! au moment même où ce peuple bar-
[bare

» Nous croit ensevelis au pied du mont Thabor,

» A ses yeux étonnés reparaissons encor,

» Et, vengeant d'Aboukir le sanglant promontoire

» Couvrons un nom de deuil par un nom de vic-
[toire ! »

BARTHÉLEMY et MÉRY.

L'AUTOMNE.

Salut, bois couronnés d'un reste de verdure !
Feuillages jaunissants sur les gazons épars !
Salut, derniers beaux jours ! le deuil de la nature
Convient à ma douleur et plaît à mes regards.

Je suis d'un pas rêveur le sentier solitaire;
J'aime à revoir encor, pour la dernière fois,
Ce soleil pâlissant dont la faible lumière
Perce à peine à mes pieds l'obscurité des bois.

Oui, dans ces jours d'automne où la nature expire,
A ses regards voilés je trouve plus d'attraits;
C'est l'adieu d'un ami, c'est le dernier sourire
Des lèvres que la mort va fermer pour jamais.

Ainsi, prêt à quitter l'horizon de la vie,
Pleurant de mes longs jours l'espoir évanoui,
Je me retourne encore, et d'un regard d'envie
Je contemple ces biens dont je n'ai pas joui.

Terre, soleil, vallons, belle et douce nature,
Je vous dois une larme aux bords de mon tom-
                              [beau!
L'air est si parfumé! la lumière est si pure!
Aux regards d'un mourant le soleil est si beau!

Je voudrais maintenant vider jusqu'à la lie
Ce calice mêlé de nectar et de fiel :
Au fond de cette coupe où je buvais la vie,
Peut-être restait-il une goutte de miel!

Peut-être l'avenir me gardait-il encore
Un retour de bonheur dont l'espoir est perdu!
Peut-être dans la foule une âme que j'ignore,

Aurait compris mon âme et m'aurait répondu !...

La fleur tombe en livrant ses parfums au zéphyre,
A la vie, au soleil, ce sont là ses adieux ;
Moi je meurs ; et mon âme, au moment qu'elle
                                        [expire,
S'exhale comme un son triste et mélodieux.

De Lamartine.

LE DESSERT.

Un service élégant, d'une ordonnance exacte,
Doit de votre repas marquer le dernier acte.
Au secours du dessert appelez tous les arts,
Surtout celui qui brille au quartier des Lombards.
Là, vous pourrez trouver, au gré de vos caprices,
Des sucres arrangés en galants édifices ;
Des châteaux de bonbons, des palais de biscuits,
Le Louvre, Bagatelle et Versailles confits,
Et mille objets divers, que savent imiter
D'habiles confiseurs que je pourrai citer.

Ne démolissez point ces merveilles sucrées,
Pour le charme des yeux seulement préparées :
Ou du moins accordez, pour jouir plus longtemps,
Quelques jours d'existence à ces doux monuments ;

Assez d'autres objets, dignes de votre hommage,
Avec moins d'appareil vous plairont davantage.
Ah! plutôt attaquez et savourez ces fruits
Qu'un art officieux en compote a réduits.
A la grâce, à l'éclat sacrifiez encore.
Aux trésors de Pomone ajoutez ceux de Flore :
Que la rose, l'œillet, le lis et le jasmin,
Fassent de vos desserts un aimable jardin,
Et que l'observateur de la belle nature
S'extasie en voyant des fleurs en confiture.
Vous avez satisfait à vos nombreux désirs ;
Mais Bacchus vous attend pour combler vos plai-
[sirs.

Approche, bienfaiteur et conquérant de l'Inde,
Tu m'inspireras mieux que les Filles du Pinde;
Verse-moi ton nectar, dont les dieux sont jaloux,
Et mes vers vont couler plus faciles, plus doux.

De ces vases nombreux que l'aspect m'intéresse!
Quel luxe séducteur ! quelle aimable richesse!
Vos convives déjà, dans un juste embarras,
Vous adressent leurs vœux et vous tendent les
[bras.

Venez à leur secours, offrez-leur à la ronde
La liqueur qui vous vient des bords de la Gironde,
Le vin de Malvoisie et celui de Palma,
Le Champagne mousseux. le Christi-Lacrima;

Le Chypre, l'Albano, le Clairet, le Constance...
Choisissez-les toujours au lieu de leur naissance;
N'allez pas rechercher aux faubourgs de Paris
Du vin de Rivesalte ou de Côte-Perdrix;
Et ne vous fiez pas à l'art des empiriques
Qui chargent vos boissons de mélanges chimiques;
Donnez-vous en buvant les airs d'un connais-
                                    [seur:
Dites que ce Bordeaux aurait plus de saveur
S'il avait visité quelques plages lointaines;
Et que ce Malaga qui coule dans vos veines,
Usé par la vieillesse, a perdu sa vertu;
Qu'il serait sans égal s'il avait moins vécu.

                                    BERCHOUX.

L'ENFANT DE L'HOSPICE.

    « Adieu, mes sœurs, voici l'aurore,
      » Il faut vous quitter pour toujours;
» Mais je n'ai que douze ans, je suis bien jeune encore!
» Qui voudra désormais prendre soin de mes jours?
        » Je n'ose plus vous demander ma mère,
      » Vos yeux se baisseraient encore tristement;
» Vous m'avez dit du moins qu'au ciel j'avais un père,
» Qu'il fallait chaque jour le prier humblement,

» Et que sa bonté tutélaire

» Prendrait pitié de son enfant.

» Vous m'avez dit aussi : Pour qu'il te soit prospère,

» Sers le riche; au travail le pauvre est condamné.

» Eh bien! j'obéirai, j'obtiendrai pour salaire

» Le pain, soutien de ma misère,

» Que vous m'avez longtemps donné!... »

L'enfant à ces mots s'achemine

Sans détourner les yeux, n'osant que soupirer;

Et quand il disparut derrière la colline,

Les sœurs en se signant se prirent à pleurer.

Le voilà donc, triste, sans guide,

Souffrant de froid et quelquefois de faim,

De la ville au village errant d'un pas timide,

Et demandant partout du travail et du pain.

Soit que la douce bienfaisance

Accueillît sa main et lui tendît les bras,

Soit que l'orgueil de l'opulence

Sans pitié repoussât ses pas,

Des lieux témoins de sa première enfance

Le souvenir ne l'abandonnait pas.

Et quand parfois, touché de sa misère,

Le passant, déplorant son abandon cruel,

Lui demandait : « Enfant, quel est ton père ? »

Il ne répondait pas, mais il montrait le ciel.

L'automne fuyait; la campagne

S'attristait au retour des glaces de l'hiver.

Un jour la nue avait obscurci l'air,

La neige blanchissait le front de la montagne,

Les vents au souffle impétueux

Mugissaient, déchaînés autour du saint hospice,

Et sur le vieux clocher du gothique édifice,

Agitaient en grondant l'airain religieux.

Une voix faible, lamentable,

Au bruit de l'ouragan tout-à-coup se mêla;

Elle invoquait la pitié secourable

Et disait : « Dieu vous le rendra. »

On ouvre au malheureux qui prie.

Il entre. O mortelles douleurs !

C'est lui, le pauvre enfant, près de perdre la vie,

Et rassemblant ces mots sur sa lèvre flétrie :

« Je vais mourir ! bénissez-moi, mes sœurs ! »

A ses côtés on accourt, on s'empresse :

Des saintes sœurs environné

Le voilà qui sourit aux soins de leur tendresse;

Mais leurs soins seront vains, car son heure a sonné.

Bientôt il ferme sa paupière

En murmurant ces mots si doux :

« Adieu, mes sœurs, séparons-nous;

» Vous m'avez dit qu'au ciel j'avais un père,

» Et je vais le prier pour vous. »

AUDIFFRET.

LA PITIÉ.

Du trop d'amour de soi découlent tous les vices.
Les crimes, les fureurs, les froides injustices ;
Oui, dans le cœur humain, s'il n'est pas combattu,
Le féroce égoïsme éteint toute vertu.
Mais pour servir de frein à ce penchant funeste,
Dieu daigna nous doter d'un sentiment céleste ;
C'est la compassion, c'est la tendre pitié,
Qui dans ses mouvements ressemble à l'amitié :
Sans ce doux sentiment qui le rend sociable,
L'homme n'aurait été qu'une brute effroyable ;
Mais il reçut un cœur formé pour s'attendrir,
Aux accents du malheur un cœur prompt à s'ouvrir.
Vivre en soi ce n'est rien ; il faut vivre en autrui.
A qui puis-je être utile, agréable aujourd'hui ?
Voilà chaque matin ce qu'il faudrait se dire ;
Et le soir, quand des cieux la clarté se retire,
Heureux à qui son cœur tout bas a répondu :
Ce jour qui va finir, je ne l'ai pas perdu ;
Grâce à mes soins, j'ai vu, sur une face humaine,
La trace d'un plaisir ou l'oubli d'une peine !
Que la société porterait de doux fruits,
Si par de tels pensers nous étions tous conduits !
Demandons à ce Dieu qui veut que l'on pardonne,
D'aimer et d'être aimés, de ne haïr personne ;

6

De réprimer en nous un instinct sec et dur,
Et d'y développer ce penchant doux et pur,
Cet amour du prochain que sa loi nous commande :
C'est la perfection où je veux qu'on prétende.
Je l'ai prêché cent fois ; je le répète encor,
D'un seul bon sentiment si j'ai hâté l'essor,
Ou si d'une vertu j'ai jeté la semence,
Ces vers, ces faibles vers ont eu leur récompense.

ANDRIEUX.

◆-✕-➤

SAINT-DENIS DÉVASTÉ.

Saint-Denis ! recevez une femme tremblante ;
Sous ces parvis sacrés cachez sa marche errante ·
Au pied de vos tombeaux privés de leurs hon-
[neurs,
Elle apporte en tribut de l'encens et des pleurs.
Salut, ô temple saint ! salut, augustes mânes !
Que de vos monuments s'écartent les profanes :
Je cherc e de la mort, derniers palais des rois,
Les leçons de la mort, dont l'éloquente voix
Eclate sur leur tombe en oracles terribles,
Et fait parler aux sens les pierres insensibles.

Le cloître abandonné d'abord s'offre à mes yeux;
La mousse à recouvert ses murs silencieux;
Quelques arbres épars entourent ses portiques;
L'oiseau des nuits gémit sous leurs cimes anti-
Déjà de toute part sur les frêles arceaux   [ques;
La plante usurpatrice étend ses longs rameaux,
L'édifice s'ébranle, et ses voûtes gothiques
De leur ruine au loin menacent les tombeaux.
Parmi l'obscurité, sans soutien et sans guide,
Je marche avec respect vers le temple entr'ouvert;
Sur les marbres sacrés je porte un pas timide;
Je crains d'interroger ce lieu sombre et désert.

Fantôme de grandeur qui remplis cette enceinte,
Tu frappes tous mes sens de respect et de crainte !
Ce temple saint, d'un Dieu me peint la majesté;
Sous mes pieds le trépas entasse ses victimes;
Le néant s'offre ici près de l'éternité,
Et sous les cieux ouverts me montre ses abîmes.
J'invoque, en gémissant, les Louis, les Henris.
Auprès de moi repose un défenseur des lis,
Duguesclin, dont le nom gagnait seul des batailles,
Dont le cercueil vainqueur s'est ouvert des mu-
Partout des souvenirs illustres ou chéris   [railles,
S'attachent à mes pas, et des grandeurs royales
Le temps sur ces tombeaux déroule les annales.
Je crois voir devant moi les siècles assemblés;

Tout porte mon esprit à ces temps reculés
Qui des princes français ont vu naître les races.

Les règnes et les noms, l'un par l'autre effacés,
Comblent ce gouffre immense, et dans leurs rangs
                           [pressés
L'impitoyable mort ne laisse plus de places.
Tous ces héros fameux, ces monarques divers,
Que dans l'étonnement adorait l'univers,
De leur trône au tombeau sont forcés de descen-
                           [dre :
L'urne étroite sans peine a contenu leur cendre ;
Tant de palais en vain attestaient leur splendeur,
Vainement sous son poids leur char triomphateur
Dans sa course brillante a fatigué la terre ;
L'heure a sonné : déjà leur grandeur passagère
Au souffle de la mort, et tombe et se détruit,
Comme, au souffle des vents, cette toile légère
Que suspend à leur tombe un insecte éphémère.

Un vieillard prosterné s'est offert à ma vue :
Son front est sillonné par les traits du malheur.
Il parle : ses regards, abaissés vers la terre,
S'élèvent lentement, et, pleins de sa douleur,
Se tournent vers le ciel pour chercher un vengeur.
« Ecoute, me dit-il, ô pieuse étrangère !
» Témoin de tant d'horreurs, je n'y survivrai pas ;
» Ma voix te les révèle, et tu les publiras.

» Un prince bienfaisant éleva ma jeunesse,

» Il versa sur mes jours la paix et le bonheur.

» Hélas ! mes yeux ont vu périr mon bienfaiteur.

» Il fallut lui survivre ; et, plein de ma tristesse,

» J'entrai sous ces parvis : j'y fus moins malheu-
                                         [reux.

» A l'autel de Denis enchaîné par des vœux,

» Au culte de la mort je dévouai ma vie;

» Du prince que j'aimais, un Dieu consolateur

» Confiait à mes soins la dépouille chérie ;

» Entre le ciel et lui, zélé médiateur,

» Je priai sur sa tombe, et trompai ma douleur.

» De nos lévites saints quand la tribu chassée,

» Sur la face du monde en un jour dispersée,

» Loin de ses oppresseurs et d'un peuple avili,

» Les maux qu'elle souffrait alla prêcher l'oubli.

» Du tombeau, sans effroi, j'abordai les ténèbres

» Au fond de ces caveaux je vécus ignoré :

» Bientôt je vis le temple au pillage livré,

» Perdre son culte saint et ses pompes funèbres;

» Mais du pouvoir royal les vils persécuteurs

» A des cendres encore enviaient leurs honneurs.

» Des monarques proscrits on renversait l'image,

» Leur nom à Saint-Denis retrouvait un hommage,

» Et du ciel et des morts la sainte autorité

» Protégeait leur mémoire, en ce lieu respectée.

» Vain appui : ce lieu même, interdit aux profanes,
» A vu souiller leur cendre et disperser leurs mânes.

» Une profonde nuit obscurcissait les airs ;
» Le sifflement des vents, la foudre menaçante,
» Et le choc redoublé des éléments divers,
» Semblaient, dans cette enceinte au loin retentis-
                                        [sante,
» Pour des crimes nouveaux évoquer les enfers.
» Seul ici, je veillais sous les cloîtres déserts.
» Quel tumulte soudain s'élève et m'épouvante?
» Quelle horde inondant ces portiques ouverts
» Assiége de nos rois la demeure dernière ?
» Tout décèle à mes yeux sa rage meurtrière :
» Les torches dans des mains qu'agite la fureur
» En éclairs flamboyants font jaillir la lumière,
» Et portent sur la voûte une sombre lueur.

» Ils marchent : tous leurs pas sont marqués par
                                        [des crimes,
» Et de la harche armés, mutilant les tombeaux,
» Leur vengeance y poursuit d'insensibles victimes.
» Prosterné, suppliant, j'implorais ces bourreaux :
» Je les implore en vain, ils dédaignent ma plainte.
» Et la destruction plane sur cette enceinte.
» J'ose les suivre encor : bientôt des rois guerriers,
» Chefs de nos paladins, et comme eux chevaliers,
» Je voix troubler l'asile, insulter la mémoire.

» Arraché du cercueil par le peuple en fureur,

» Je reconnais ce roi, noble amant de la gloire,

» Qui sous le poids des fers conserva son grand

[cœur,

» Ce roi qui dans un jour perdit tout hors l'hon-

[neur.

» Sur un trône élevé par la reconnaissance,

» Près de lui fut placé le père de la France :

» De ses sujets ingrats, qu'il a nommés ses fils,

» Il attend un hommage, et reçoit des mépris.

» Ce monarque si fier, si grand par ses conquêtes,

» Qui fut de cet empire et l'orgueil et l'appui,

» Qui força l'univers à trembler devant lui,

» Dont la voix appela tous les arts à ses fêtes,

» Louis, le grand Louis, frappé par des brigands,

» Tombe enfin sur le seuil de ces funèbres voûtes.

» Du haut de ces degrés ses mânes triomphants

» Des antres de la mort semblaient garder les

[routes.

» C'est là qu'il fut frappé, là qu'un peuple insolent

» Déchira ses lauriers sur son front éclatant.

» Le sceptre avec effort quitta sa main livide.

» Mais que peut contre lui ce peuple régicide ?

» Tout brillant de clarté, son règne glorieux

» Jette encor son éclat sur notre âge envieux :

» A son cercueil détruit, ses monuments survivent,

» Et montrent sa grandeur aux siècles qui le sui-
                                [vent.

» Hélas ! j'ai vu Turenne exhumé près de lui :
« Il semblait se lever pour lui servir d'appui.
» A l'ombre de Louis son ombre encor fidèle
» Le protégait encor dans son dernier sommeil ;
» La tombe associa leur gloire fraternelle,
» Ils paraissent ensemble à cet affreux réveil.
» Quoi ! ce sont des Français, dont la main égarée
» Souilla de nos héros la demeure sacrée ?
» Et ces Français encore heureux et triomphants,
» Enchaînent la victoire à leurs drapeaux san-
                                [glants !... »

Des mânes détrônés l'éloquent interprète
En achevant ces mots laisse échapper des pleurs ;
Il suspend son récit, et sa douleur muette
Prête une horreur nouvelle à ces scènes d'hor-
                                [reurs...
— O mon père ! lui dis-je, au pied du sanctuaire
Vos yeux ont vu frapper le plus grand de nos rois ;
La gloire, la valeur ont perdu tous leurs droits ;
Mais ce prince si bon, si franc, si populaire,
Dont la mémoire encore est chère à tous les cœurs ;
Henri, du moins, Henri, sauvé de leurs fureurs,
Parmi ces monuments que la rage mutile... —

« Hélas! dit le vieillard, tremblant et désolé,
» Je croyais à ses pieds trouver un sûr asile,
» Et cet asile saint lui-même est violé;
» Bientôt les assassins sur mes pas ont volé :
» Le marbre, sous les coups de leur fer parricide,
» Se brise, et de Henri le corps est dévoilé.
» O prodige! la mort laisse à ce front livide
» L'empreinte de la gloire et de la majesté.
» Pour épargner ses traits le temps s'est arrêté;
» Il osa le frapper, mais non pas le détruire.
» J'ai vu les scélérats, honteux de leur délire,
» Tremblants à son aspect, et saisis de terreur;
» Mais bientôt rappelant leur audace première,
» Ses ossements souillés traînés dans la poussière...

. . . .

. . . .

» Mais déjà des bourreaux le bras lassé de crimes
» Semblait chercher en vain d'assez grandes vic-
» L'impiété leur offre un triomphe nouveau. [times.
» On court, on va briser le cénotaphe auguste
» Du vertueux Louis, du roi pieux et juste
» Que l'univers jadis proclamait à la fois
» Saint parmi les mortels, et grand parmi les rois.
» Ils y cherchent en vain sa dépouille sacrée;
» Confiée aux autels, et dans Rome adorée,
» Sa cendre du tombeau n'a pas senti le poids.

» Mais au défaut du fils on insulte la mère :

» De Blanche, en s'écroulant, le trône funéraire

» Laisse échapper soudain un sceptre et des fu-
[seaux,

» Noble et simple attribut de ses doubles travaux.

» Son sexe offre à son rang une vaine défense.

» Monstres que ne peut même attendrir l'inno-
[cence,

» Qui de la même main déchirez sans horreur

» Les voiles de la mort et ceux de la pudeur,

» Aux filles de nos rois épargnez ces outrages :

» La couronne de fleur sur un front virginal

» Protége la splendeur de ce bandeau royal ;

» Respectez le repos où dorment leurs images...

» Mais rien ne les fléchit : digne objet de courroux,

» La tombe d'un enfant attire aussi leurs coups !

» Monarque d'un instant, hélas ! sa sépulture

» Est tout ce qu'il obtint de sa grandeur future ;

» Enfant, il échangea, sans connaître son sort,

» Les langes du berceau contre ceux de la mort.

» Et toi, toi, de Stuart épouse infortunée,

» Par de si grands revers en ces lieux ramenée,

» Ton ombre à Saint-Denis crut retrouver la paix.

» Malheureuse Henriette ! ah ! les mêmes forfaits,

» Du trône et du tombeau tour à tour t'ont bannie.

» Par l'affreux régicide en France poursuivie,

» Tu reconnais ton sort, **tu** revois les bourreaux,

» Et deux peuples, souillés par des crimes égaux,

» Ont profané ta cendre, ont tourmenté ta vie.

» Le silence succède à d'effroyables cris.

» L'assassin des tombeaux voit sa tâche remplie,

» Et ce temple n'est plus qu'un amas de débris,

» De sceptres mutilés, de monuments détruits...

» O vous, dont leur fureur a cru flétrir la gloire,

» Mânes ! consolez-vous : de vos noms immortels

» Un forfait inouï conserve la mémoire :

» Votre asile est détruit, vous aurez des autels,

» L'univers indigné vengera vos injures;

» Au respect de la tombe instruit dans tous les

[lieux,

» L'homme près des autels plaça les sépultures,

» Et le culte des morts touche à celui des dieux. »

Mme VANNOZ.

FIN.

TABLE

Limoges. — Imp. EUGÈNE ARDANT et Cⁱᵉ.